汪曾祺经典选集

WANG ZENGQI JINGDIAN XUANJI

汪曾祺 著

百花洲文艺出版社

图书在版编目（CIP）数据

汪曾祺经典选集 / 汪曾祺著. -- 南昌 : 百花洲文艺出版社, 2023.9

ISBN 978-7-5500-5182-9

Ⅰ. ①汪… Ⅱ. ①汪… Ⅲ. ①中国文学－当代文学－作品综合集 Ⅳ. ①I217.2

中国国家版本馆CIP数据核字(2023)第103484号

汪曾祺经典选集

汪曾祺　著

出版人　陈　波
责任编辑　陈　园
书籍设计　师鲁贝尔
制　　作　师鲁贝尔
出版发行　百花洲文艺出版社
社　　址　南昌市红谷滩区世贸路898号博能中心Ⅰ期A座20楼
邮　　编　330038
经　　销　全国新华书店
印　　刷　三河市祥达印刷包装有限公司
开　　本　710mm×930mm　1/16　　印张　16
版　　次　2023年9月第1版
印　　次　2023年9月第1次印刷
字　　数　189千字
书　　号　ISBN　978-7-5500-5182-9
定　　价　22.80元

赣版权登字　05-2023-133

邮购联系　0791-86895108
网　　址　http://www.bhzwy.com

豁然開朗
子愷

瓜車翻覆 助我者少 啖瓜者多
子愷

長堤樹老閱人多
子愷畫

貧女如花只鏡知
子愷畫

風雲變幻
子愷

草草杯盘供语笑昏昏灯火话平生
子恺画

目录

大淖记事

草木春秋

四方食事

随遇而安

多年父子成兄弟

大淖记事

这里的人也不一样。他们的生活，他们的风俗，他们的是非标准、伦理道德观念和街里的穿长衣念过「子曰」的人完全不同。

岁寒三友

这三个人是：王瘦吾、陶虎臣、靳彝甫。王瘦吾原先开绒线店，陶虎臣开炮仗店，靳彝甫是个画画的。他们是从小一块长大的。这是三个说上不上，说下不下的人。既不是缙绅先生，也不是引车卖浆者流。他们的日子时好时坏。好的时候桌上有两个菜，一荤一素，还能烫二两酒；坏的时候，喝粥，甚至断炊。三个人的名声倒都是好的。他们都没有做过伤天害理的事，对人从不尖酸刻薄，对地方的公益，从不袖手旁观。某处的桥坍了，要修一修；哪里发现一名“路倒”，要掩埋起来；闹时疫的时候，在码头路口设一口瓷缸，内装药茶，施给来往行人；一场大火之后，请道士打醮禳灾……遇有这一类的事，需要捐款，首事者把捐簿伸到他们的面前时，他们都会提笔写下一个谁看了也会点头的数目。因此，他们走在街上，一街的熟人都跟他们很客气地点头打招呼。

“早！”

“早！”

"吃过了？"

"偏过了，偏过了！"

王瘦吾真瘦，瘦得两个肩胛骨从长衫的外面都看得清清楚楚。他年轻时很风雅过几天。他小时开蒙的塾师是邑中名士谈甓渔，谈先生教会了他作诗。那时，绒线店由父亲经营着，生意不错，这样他就有机会追随一些阔的和不太阔的名士，春秋佳日，文酒雅集。遇有什么张母吴太夫人八十寿辰征诗，也会送去两首七律。瘦吾就是那时落下的一个别号。自从父亲一死，他挑起全家的生活，就不再作一句诗，和那些诗人们也再无来往。

他家的绒线店是一个不大的连家店。店面的招牌上虽写着"京广洋货，零趸批发"，所卖的却只是：丝线、绦子、头号针、二号针、女人钳眉毛的镊子、刨花[①]、抿子（涂刨花水用的小刷子）、品青、煮蓝、僧帽牌洋蜡烛、太阳牌肥皂、美孚灯罩……种类很多，但都值不了几个钱。每天晚上结账时都是一堆铜板和一角两角的零碎的小票，难得看见一块洋钱。

这样一个小店，维持一家生活，是困难的。王瘦吾家的人口日渐增多了。他上有老母，自己又有了三个孩子。小的还在娘怀里抱着。两个大的，一儿一女，已经都在上小学了。不用说穿衣，就是穿鞋也是个愁人的事。

儿子最恨下雨。小学的同学几乎全部在下雨天都穿了胶鞋来上学，只有他穿了还是他父亲穿过的钉鞋[②]。钉鞋很笨，很重，走起来还嘎啦嘎啦的响。他一进学校的大门，同学们就都朝他看，看他那双鞋。他闹了好多回。每回下雨，他就说："我不去上学了！"妈都给他说好话：

“明年，明年就买胶鞋。一定！”——“明年！您都说了几年了！”最后还是嘟着嘴，挟了一把补过的旧伞，走了。王瘦吾听见街石上儿子的钉鞋愤怒的声音，半天都没有说话。

女儿要参加全县小学秋季运动会，表演团体操，要穿规定的服装：白上衣、黑短裙。这都还好办。难的是鞋，——要一律穿白球鞋。女儿跟妈要。妈说：“一双球鞋，要好几块钱。咱们不去参加了。就说生病了，叫你爸写个请假条。”女儿不像她哥发脾气，闹，她只是一声不响，眼泪不停地往下滴。到底还是去了。这位能干的妈跟邻居家借来一双球鞋，比着样子，用一块白帆布连夜赶做了一双。除了底子是布的，别处跟买来的完全一样。天亮的时候，做妈的轻轻地叫：“妞子，起来！”女儿一睁眼，看见床前摆着一双白鞋，趴在妈胸前哭了。王瘦吾看见妻子疲乏而凄然的笑容，他的心酸。

因此，王瘦吾老想发财。

这财，是怎么个发法呢？靠这个小绒线店，是不可能有什么出息的。他得另外想办法。这城里的街，好像是傍晚时的码头，各种船只，都靠满了。各行各业，都有个固定的地盘，想往里面再插一只手，很难。他得把眼睛看到这个县城以外，这些行业以外。他做过许多不同性质的生意。他做过虾籽生意，醉蟹生意，腌制过双黄鸭蛋。张家庄出一种木瓜酒，他运销过。本地出一种药材，叫作豨莶，他收过，用木船装到上海（他自己就坐在一船高高的药草上），卖给药材行。三叉河出一种水仙鱼，他曾想过做罐头……他做的生意都有点别出心裁，甚至是想入非非。他隔个把月就要出一次门，四乡八镇，到处跑。像一只饥饿的鸟，到处飞，想给儿女们找一口食。回来时总带着满身的草屑灰尘；人，越来越瘦。

后来他想起开工厂。他的这个工厂是个绳厂，做草绳和钱串子。蓑衣草两股，绞成细绳，过去是穿制钱用的，所以叫做钱串子。现在不使制钱了，店铺里却离不开它。茶食店用来包扎点心，席子店捆席子，卖鱼的穿鱼鳃。绞这种细绳，本来是湖西农民冬闲时的副业，一大捆一大捆挑进城来兜售。因为没有准人，准时，准数，有时需用却遇不着。有了这么个厂，对于用户方便多了。王瘦吾这个厂站住了。他就不再四处奔跑。

这家工厂，连王瘦吾在内，一共四个人。一个伙计搬运，两个做活。有两架“机器”，倒是铁的，只是都要用手摇。这两架机器，摇起来嘎嘎的响，给这条街增添了一种新的声音，和捶铜器、打烧饼、算命瞎子的铜铛的声音混合在一起。不久，人们就习惯了，仿佛这声音本来就有。

初二、十六的[3]傍晚，常常看到王瘦吾拎了半斤肉或一条鱼从街上走回家。

每到天气晴朗，上午十来点钟，在这条街上，就可以听到从阴城方向传来爆裂的巨响：

“砰——磅！”

大家就知道，这是陶虎臣在试炮仗了。孩子们就提着裤子向阴城飞跑。

阴城是一片古战场。相传韩信在这里打过仗。现在还能挖到一种有耳的尖底陶瓶，当地叫做“韩瓶”，据说是韩信的部队所用的行军水壶。说是这种陶瓶冬天插了梅花，能结出梅子来。现在这里是乱葬岗，不知道从什么时候起叫做“阴城”。到处是坟头、野树、荒草、芦荻。草里有蛤蟆、野兔子、大极了的蚂蚱、油葫芦、蟋蟀。早晨和黄昏，有许多白颈老鸦。人走过，就哑哑地叫着飞起来。不一会，又都纷纷地落下了。

这里没有住户人家。只有一个破财神庙，里面住着一个侉子。这侉子不知是什么来历。他杀狗，吃肉，——阴城里野狗多的是，还喝酒。

这地方很少有人来。只有孩子们结伴来放风筝，掏蟋蟀。再就是陶虎臣来试炮仗。

试的是“天地响”。这地方把双响的大炮仗叫“天地响”，因为地下响一声，飞到半空中，又响一声，炸得粉碎，纸屑飘飘地落下来。陶家的“天地响”一听就听得出来，特别响。两响之间的距离也大——蹿得高。

“砰——磅！”

“砰——磅！”

他走一二十步，放一个，身后跟着一大群孩子。孩子里有胆大的，要求放一个，陶虎臣就给他一个：

“点着了快跑！——崩疼了可别哭！”

其实是崩不着的。陶虎臣每次试炮仗，特意把其中的几个捻子加长，就是专为这些孩子预备的。捻子着了，嗤嗤地冒火，半天，才听见响呢。

陶家炮仗店的门口也是经常围着一堆孩子，看炮仗师傅做炮仗。两张白木的床子，有两块很光滑的木板。把一张粗草纸裹在一个钢钎上，两块木板一搓，吱溜——，就是一个炮仗筒子。

孩子们看师傅做炮仗，陶虎臣就伏在柜台上很有兴趣地看这些孩子。有时问他们几句话：

“你爸爸在家吗？干吗呢？”

“你的痄腮好了吗？”

孩子们都知道陶老板人很和气，很喜欢孩子，见面都很愿意叫他：

“陶大爷！”

兒童散学歸来早
忙趁東風放帋鳶
子愷

“陶伯伯！”

“哎，哎。”

陶家炮仗店的生意本来是不错的。

他家的货色齐全。除了一般的鞭炮，还出一种别家不做的鞭，叫作“遍地桃花”。不但外皮，连里面的筒子都一色是梅红纸卷的。放了之后，地下一片红，真像是一地的桃花瓣子。如果是过年，下过雪，花瓣落在雪地上，红是红，白是白，好看极了。

这种鞭，成本很贵，除非有人定做，平常是不预备的。

一般的鞭炮，陶虎臣自己是不动手的。他会做花炮。一筒大花炮，能放好几分钟。他还会做一种很特别的花，叫作“酒梅”。一棵弯曲横斜的枯树，埋在一个瓷盆里，上面串结了许多各色的小花炮，点着之后，满树喷花。火花射尽，树枝上还留下一朵一朵梅花，蓝荧荧的，静悄悄地开着，经久不熄。这是棉花浸了高粱酒做的。

他还有一项绝技，是做焰火。一种老式的焰火，有的地方叫做花盒子。

酒梅，焰火，他都不在店里做，在家里做。因为这有许多秘方，不能外传。

做焰火，除了配料，关键是串捻子。串得不对，会轰隆一声，烧成一团火。弄不好，还会出事。陶虎臣的一只左眼坏了，就是因为有一次放焰火，出了故障，不着了，他搭了梯子爬到架上去看，不想焰火忽然又响了，一个火球迸进了瞳孔。

陶虎臣坏了一只眼睛，还看不出太大的破相，不像一般有残疾的人往往显得很凶狠。他依然随时是和颜悦色的，带着宽厚而慈祥的笑容。这种笑容，只有与世无争，生活上容易满足的人才会有。

但是他的这种心满意足的神情逐年在消退。鞭炮生意，是随着年成走的。什么时候风调雨顺，国泰民安，什么时候炮仗店就生意兴隆。这样的年头，能够老是有么？

“遍地桃花”近年很少人家来定货了。地方上多年未放焰火，有的孩子已经忘记放焰火是什么样子了。

陶虎臣长得很敦实，跟他的名字很相称。

靳彝甫和陶虎臣住在一条巷子里，相隔只有七八家。谁家的火灭了，孩子拿了一块劈柴，就能从另一家引了火来。他家很好认，门口钉着一块铁皮的牌子，红地黑字：“靳彝甫画寓”。

这城里画画的，有三种人。

一种是画家。这种人大都有田有地，不愁衣食，作画只是自己消遣，或作为应酬的工具。他们的画是不卖钱的。求画的人只是送几件很高雅的礼物。或一坛绍兴花雕，或火腿、鲥鱼、白沙枇杷，或一套讲究的宜兴紫砂茶具，或两大盆正在茁箭子的建兰。他们的画，多半是大写意，或半工半写。工笔画他们是不耐烦画的，也不会。

一种是画匠。他们所画的，是神像。画得最多的是“家神菩萨”。这“家神菩萨”是一个大家族：头一层是南海观音的一伙，第二层是玉皇大帝和他的朝臣，第三层是关帝老爷和周仓、关平，最下一层是财神爷。他们也在玻璃的反面用油漆画福禄寿三星（这种画美术史家称之为“玻璃油画”），作插屏。他们是在制造一种商品，不是作画。而且是流水作业，描衣纹的是一个人（照着底子描），“开脸”的是一个人，着色的是另一个人。他们的作坊，叫做“画匠店”。一个画匠店里常有七八个人同时做活，却听不到一点声音，因为画匠多半是哑巴。

靳彝甫两者都不是。也可以说是介乎两者之间的那么一种人。比较贴切些，应该称之为“画师”，不过本地无此说法，只是说“画画的”。他是靠卖画吃饭的，但不像画匠店那样在门口设摊或批发给卖门神“欢乐”的纸店[④]，他是等人登门求画的（所以挂“画寓”的招牌）。他的画按尺论价，大青大绿另加，可以点题。来求画的，多半是茶馆酒肆、茶叶店、参行、钱庄的老板或管事。也有那些闲钱不多，送不起重礼，攀不上高门第的画家，又不甘于家里只有四堵素壁的中等人家。他们往往喜欢看着他画，靳彝甫也就欣然对客挥毫。主客双方，都很满意。他的画署名（画匠的作品是从不署名的），但都不题上款，因为不好称呼，深了不是，浅了不是，题了，人家也未必高兴，所以只是简单地写四个字：“彝甫靳铭”。若是佛像，则题“靳铭沐手敬绘”。

靳家三代都是画画的。家里积存的画稿很多。因为要投合不同的兴趣，山水、人物、翎毛、花卉，什么都画。工笔、写意、浅绛、重彩不拘。

他家家传会写真，都能画行乐图（生活像）和喜神图（遗像）。中国的画像是有诀窍的。画师家都藏有一套历代相传的“百脸图”。把人的头面五官加以分析，定出一百种类型。画时端详着对象，确定属于哪一类，然后在此基础上加减，画出来总是有几分像的。靳彝甫多年不画喜神了。因为画这种像，经常是在死人刚刚断气时，被请了去，在床前对着勾描。他不愿看死人。因此，除了至亲好友，这种活计，一概不应。有来求的，就说不会。行乐图，自从有了照相馆之后，也很少有人来要画了。

靳彝甫自己喜欢画的，是青绿山水和工笔人物。青绿山水、工笔人物，一年能收几件呢？因此，除了每年端午，他画几十张各式各样的钟馗，挂在巷口如意楼酒馆标价出售，能够有较多的收入，其余的时候，全家都是半饥半饱。

虽然是半饥半饱，他可是活得有滋有味，他的画室里挂着一块小匾，上书“四时佳兴”。画室前有一个很小的天井。靠墙种了几竿玉屏箫竹。石条上摆着茶花、月季。一个很大的钧窑平盘里养着一块玲珑剔透的上水石，蒙了半寸厚的绿苔，长着虎耳草和铁线草。冬天，他总要养几头单瓣的水仙。不到三寸长的碧绿的叶子，开着白玉一样的繁花。春天，放风筝。他会那样耐烦地用一个称金子用的小戥子约着蜈蚣风筝两边脚上的鸡毛（鸡毛分量稍差，蜈蚣上天就会打滚）。夏天，用莲子种出荷花。不大的荷叶，直径三寸的花，下面养了一二分长的小鱼。秋天，养蟋蟀。他家藏有一本托名贾似道撰写的《秋虫谱》。养蟋蟀的泥罐还是他祖父留下来的旧物。每天晚上，他点一个灯笼，到阴城去掏蟋蟀。财神庙的那个侉子，常常一边喝酒、吃狗肉，一边看这位大胆的画师的灯笼走走，停停，忽上，忽下。

他有一盒爱若性命的东西，是三块田黄石章。这三块田黄都不大，可是跟三块鸡油一样！一块是方的，一块略长，还有一块不成形。数这块不成形的值钱，它有文三桥⑤刻的边款（篆文不知叫一个什么无知的人磨去了）。文三桥呀，可着全中国，你能找出几块？有一次，邻居家失火，他什么也没拿，只抢了这三块图章往外走。吃不饱的时候，只要把这三块图章拿出来看看，他就觉得对这个世界没有什么可抱怨的了。

这一年，这三个人忽然都交了好运。

王瘦吾的绳厂赚了钱。他可又觉得这个买卖货源、销路都有限，他早就想好了另外一宗生意。这个县北乡高田多种麦，出极好的麦秸，当地农民多以掐草帽辫为副业。每年有外地行商来，以极便宜的价钱收去。稍经加工，就成了草帽，又以高价卖给农民。王瘦吾想：为什么不能就地制成草帽呢？这钱为什么要给外地人赚去呢？主意已定，他就把两台绞绳机盘出去，买了四架扎草帽的机子，请了一个师傅，教出三个徒弟，就在原来绳厂的旧址，办起了一个草帽厂。城里的买卖人都说：王瘦吾这步棋看得准，必赚无疑！草帽厂开张的那天，来道喜和看热闹的人很多。一盘草帽辫，在师傅手里，通过机针一扎，哒哒地响，一会儿工夫，哎，草帽盔出来了！——又一会，草帽边！——成了！一顶一顶草帽，顷刻之间，摞得很高。这不是草帽，这是大洋钱呀！这一天，靳彝甫送来一张“得利图”，画着一个白须的渔翁，背着鱼篓，提着两尾金鳞赤尾的大鲤鱼。凡看了这张画的，无不大笑：这渔翁的长相，活脱就是王瘦吾！陶虎臣特地送来一挂遍地桃花满堂红的一千头的大鞭，砰砰磅磅响了好半天！

陶虎臣从来没有做过这么大的焰火生意。这一年闹大水。运河平了漕。西北风一起，大浪头翻上来，把河堤上丈把长的青石都卷了起来。看来，非破堤不可。很多人家扎了筏子，预备了大澡盆，天天晚上不敢睡，只等堤决水下来时逃命。不料，河水从下游泻出，伏汛安然度过，保住了无数人畜。秋收在望，市面繁荣，城乡一片喜气。有好事者倡议：今年放放焰火！东西南北四城，都放！一台七套，四七二十八套。陶家独家承做了十四套，——其余的，他匀给别的同行了。

四城的焰火错开了日子，——为的是人们可以轮流赶着去看。东城定在八月十六。地点：阴城。

这天天气特别好。万里无云，一天皓月。阴城的正中，立起一个四丈多高的架子。有人早早吃了晚饭，就扛了板凳来等着了。各种卖小吃的都来了。卖牛肉高粱酒的，卖回卤豆腐干的，卖五香花生米的、芝麻灌香糖的，卖豆腐脑的，卖煮荸荠的，还有卖河鲜——卖紫皮鲜菱角和新剥鸡头米的……到处是“气死风”的四角玻璃灯，到处是白蒙蒙的热气、香喷喷的茴香八角气味。人们寻亲访友，说短道长，来来往往，亲亲热热。阴城的草都被踏倒了。人们的鞋底也叫秋草的浓汁磨得滑溜溜的。

忽然，上万双眼睛一齐朝着一个方向看。人们的眼睛一会儿睁大，一会儿眯细；人们的嘴一会儿张开，一会儿又合上；一阵阵叫喊，一阵阵欢笑，一阵阵掌声。——陶虎臣点着了焰火了！

这种花盒子是有一点简单的故事情节的。最热闹的是“炮打泗州城”。起先是梅、兰、竹、菊四种花，接着是万花齐放。万花齐放之后，有一个间歇，木架子下面黑黑的，有人以为这一套已经放完了。不料一声炮响，花盒子又落下一层，照眼的灯球之中有一座四方的城，眼睛好的还能看见城门上“泗州”两个字（不知道为什么是泗州而不是别的城）。城外向里打炮，城里向外打，灯球飞舞，砰磅有声。最有趣的是“芦蜂追癞子”，这是一个喜剧性的焰火。一阵火花之后，出现一个人，——一个泥头的纸人，这人是个癞痢头，手里拿着一把破芭蕉扇。霎时间飞来了许多马蜂，这些马蜂——火花，纷纷扑向癞痢头，癞痢头四面躲闪，手里的芭蕉扇不停地挥舞起来。看到这里，满场大笑。这些辛苦得近于麻木的人，是难得这样开怀一笑的呀。最后一套是平平常常的，只是一阵火花之后，扑鲁扑鲁吊下四个大字：“天下太平”。字是灯球组成的。虽然平淡，人们还是舍不得离开。火光炎炎，逐渐消隐，这时才听到人们呼喊：

“二丫头，回家咧！”

“四儿，你在哪儿哪？”

“奶奶，等等我，我鞋掉了！”

人们摸摸板凳，才知道：呀，露水下来了。

靳彝甫捉到一只蟹壳青蟋蟀。消息很快就传开了。每天有人提了几罐蟋蟀来斗。都不是对手，而且都只是一个回合就分胜负。这只蟹壳青的打法很特别。它轻易不开牙，只是不动声色，稳稳地站着。突然扑上去，一口就咬破对方的肚子（据说蟋蟀的打法各有自己的风格，这种咬肚子的打法是最厉害的）。它嚁嚁地叫起来，上下摆动它的触须，就像戏台上的武生耍翎子。负伤的败将，怎么下“探子”[⑥]，也再不敢回头。于是有人怂恿他到兴化去。兴化养蟋蟀之风很盛，每年秋天有一个斗蟋蟀的集会。靳彝甫被人们说得心动了。王瘦吾、陶虎臣给他凑了一笔路费和赌本，他就带了几罐蟋蟀，搭船走了。

斗蟋蟀也像摔跤、击拳一样，先要约约运动员的体重。分量相等，才能入盘开斗。如分量低于对方而自愿下场者，听便。

没想到，这只蟋蟀给他赢了四十块钱。——四十块钱相当于一个小学教员两个月的薪水！靳彝甫很高兴，在如意楼定了几个菜，约王瘦吾、陶虎臣来喝酒。

（这只身经百战的蟋蟀后来在冬至那天寿终了，靳彝甫特地打了一个小小的银棺材，送到阴城埋了。）

没喝几杯，靳彝甫的孩子拿了一张名片，说是家里来了客。靳彝甫接过名片一看："季匋民！"

"他怎么会来找我呢？"

季匋民是一县人引为骄傲的大人物。他是个名闻全国的大画家，同时又是大收藏家，大财主，家里有好田好地，宋元名迹。他在上海一个艺术专科大学当教授，平常难得回家。

"你回去看看。"

"我少陪一会。"

季匋民和靳彝甫都是画画的，可是气色很不一样。此人面色红润，双眼有光，浓黑的长髯，声音很洪亮。衣着很随便，但质料很讲究。

"我冒进宝府，唐突得很。"

"哪里哪里。只是我这寒舍，实在太小了。"

"小，而雅，比大而无当好！"

寒暄之后，季匋民说明来意：听说彝甫有几块好田黄，特地来看看。靳彝甫捧了出来，他托在手里，一块一块，仔仔细细看了。"好，——好，——好。匋民平生所见田黄多矣，像这样润的，少。"他估了估价，说按时下行情，值二百洋。有文三桥边款的一块就值一百。他很直率地问靳彝甫肯不肯割爱。靳彝甫也很直率地回答："不到山穷水尽，不能舍此性命。"

"好！这像个弄笔墨的人说的话！既然如此，匋民绝不夺人之所爱。不过，如果你有一天想出手，得先尽我。"

"那可以。"

"一言为定。"

“一言为定。”

买卖不成，季匋民倒也没有不高兴。他又提出想看看靳彝甫家藏的画稿。靳彝甫祖父的，父亲的。——靳彝甫本人的，他也想看看。他看得很入神，拍着画案说：

“令祖，令尊，都被埋没了啊！吾乡固多才俊之士，而皆困居于蓬牖之中，声名不出于里巷，悲哉！悲哉！”

他看了靳彝甫的画，说：

“彝甫兄，我有几句话……”

“您请指教。”

“你的画，家学渊源。但是，有功力，而少境界。要变！山水，暂时不要画。你见过多少真山真水？人物，不要跟在改七芗、费晓楼后面跑，倪墨耕尤为甜俗。要越过唐伯虎，直追两宋南唐。我奉赠你两个字：古，艳。比如这张杨妃出浴，披纱用洋红，就俗。用朱红，加一点紫！把颜色搞得重重的！脸上也不要这样干净，给她贴几个花子！——你是打算就这样在家乡困着呢？还是想出去闯闯呢？出去，走走，结识一些大家，见见世面！到上海，那里人才多！”

他建议靳彝甫选出百十件画，到上海去开一个展览会。他认识朵云轩，可以借他们的地方。他还可以写几封信给上海名流，请他们为靳彝甫吹嘘吹嘘。他还嘱咐靳彝甫，卖了画，有了一点钱，要做两件事：读万卷书，行万里路。最后说：

“我今天很高兴。看了令祖、令尊的画稿，偷到不少的东西。——我把它化一化，就是杰作！哈哈哈哈……”

这位大画家就这样疯疯癫癫，哈哈大笑着，提了他的筇竹杖，一阵风似的走了。

靳彝甫一边卷着画，一边想：季匋民是见得多。他对自己的指点，很有道理，很令人佩服。但是，到上海、开展览会、结识名流……唉，有钱的名士的话怎么能当得真呢！他笑了。

没想到，三天之后，季匋民真的派人送来了七八封朱丝栏玉版宣的八行书。

靳彝甫的画展不算轰动，但是卖出去几十张画。那张在季匋民授意之下重画的杨妃出浴，一再有人重订。报上发了消息，一家画刊还选了他两幅画。这都是他没有想到的。王瘦吾和陶虎臣在家乡看到报，很替他高兴：“彝甫出了名了！”

卖了画，靳彝甫真的按照季匋民的建议，“行万里路”去了。一去三年，很少来信。

这三年啊！

王瘦吾的草帽厂生意很好。草帽没个什么讲究，买的人只是一图个结实，二图个便宜。他家出的草帽是就地产销，省了来回运费，自然比外地来的便宜得多。牌子闯出去了，买卖就好做。全城并无第二家，那四台哒哒作响的机子，把带着钱想买草帽的客人老远地就吸过来了。

不想遇见一个王伯韬。

这王伯韬是个开陆陈行的。这地方把买卖豆麦杂粮的行叫做陆陈行。人们提起陆陈行，都暗暗摇头。做这一行的，有两大特点：其一，是资本雄厚，大都兼营别的生意，什么买卖赚钱，他们就开什么买卖，眼尖手快。其二，都是流氓——都在帮。这城里发生过几起大规模的斗殴，都是陆陈行挑起的。打架的原因，都是抢行霸市。这种人一看就看得出来。他们的衣着和一般的生意人就不一样。不论什么时候，长衫里面的小褂的袖子总翻出很长的一截。料子也是老实商人所不用的。夏天是格子纺，冬天是法兰绒。脚底下是黑丝袜，方口的黑纹皮面的硬底便鞋。王伯韬和王瘦吾是同宗，见面总是“瘦吾兄”长，“瘦吾兄”短。王瘦吾不爱搭理他，尽可能地躲着他。

谁知偏偏躲不开，而且天天要见面。王伯韬也开了一家草帽厂，就在王瘦吾的草帽厂的对门！他新开的草帽厂有八台机子，八个师傅，门面、柜台，一切都比王瘦吾的大一倍。

王伯韬真是不顾血本，把批发、零售价都压得极低。王瘦吾算算，这样的定价，简直无利可图。他不服这口气，也随着把价钱落下来。

王伯韬坐在对面柜台里，还是满脸带笑，“瘦吾兄”长，“瘦吾兄”短。

王瘦吾撑了一年，实在撑不住了。

王伯韬放出话来：“瘦吾要是愿意把四台机子让给我，他多少钱买的，我多少钱要！”

四台机子，连同库存的现货，辫子，全部倒给了王伯韬。王瘦吾气得生了一场重病。一病一年多。卖机子的钱，连同小绒线店的底本，全变成了药渣子，倒在门外的街上了。

好不容易，能起来坐一坐，出门走几步了。可是人瘦得像一张纸，一阵风吹过，就能倒下。

陶虎臣呢？

头一年，因为四乡闹土匪，连城里都出了几起抢案，县政府和当地驻军联名出了一张布告：“冬防期间，严禁燃放鞭炮。”炮仗店平时生意有限，全指着年下。这一冬防，可把陶虎臣防苦了。且熬着，等明年吧。

明年！蒋介石搞他娘的“新生活”[7]，根本取缔了鞭炮。城里几家炮仗店统统关了张。陶虎臣别无产业，只好做一点“黄烟子”和蚊烟混日子。“黄烟子”也像是个炮仗，只是里面装的不是火药而是雄黄，外皮也是黄的。点了捻子，不响，只是从屁股上冒出一股黄烟，能冒半天。这种东西，端午节人家买来，点着了扔在床脚柜底熏五毒；孩子们把黄烟屁股抵在板壁上写“虎”字。蚊烟是在一个皮纸的空套里装上锯末，加一点芒硝和鳝鱼骨头，盘成一盘，像一条蛇。这东西点起来味道很呛，人和蚊子都受不了。这两种东西，本来是炮仗店附带做做的，靠它赚钱吃饭，养家活口的，怎么行呢？——一年有几个端午节？蚊子也不是四季都有啊！

第三年，陶家炮仗店的铺闼子门[8]下了一把牛鼻子铁锁，再也打不开了。陶家的锅，也揭不开了。起先是喝粥，——喝稀粥，后来连稀粥也喝不成了。陶虎臣全家，已经饿了一天半。

有那么一个缺德的人敲开了陶家的门。这人姓宋，人称宋保长，他是什么事都干得出来，什么钱也敢拿的。他来做媒了。二十块钱，陶虎臣把女儿嫁给了一个驻军的连长。这连长第二天就开拔。他倒什么也不挑，只要是一个黄花闺女。陶虎臣跳着脚大叫：“不要说得那么好听！这不是嫁！这是卖！你们到大街去打锣喊叫：我陶虎臣卖女儿！你们喊去！我不害臊！陶虎臣！你是个什么东西！陶虎臣！我操你八辈祖奶奶！你就这样没有能耐呀！”女儿的妈和弟弟都哭。女儿倒不哭，反过来劝爹：“爹！爹！您别这样！我愿意！——真的！爹！我真的愿意！”她朝上给爹妈磕了头，又趴在弟弟的耳边说了一句话。这一句话是：“饿的时候，忍着，别哭。”弟弟直点头。女儿走到爹床前，说了声：“爹！我走啦！您保重！”陶虎臣脸对墙躺着，连头都没有回，他的眼泪花花地往下淌。

两个半月过去了。陶家一直就花这二十块钱。二十块钱剩得不多了，女儿回来了。妈脱下女儿的衣服一看，什么都明白了：这连长天天打她。

女儿跟妈妈偷偷地说：“妈，我过上了他的脏病。”

岁暮天寒，彤云酿雪，陶虎臣无路可走，他到阴城去上吊。

他没有死成。他刚把腰带拴在一棵树上，把头伸进去，一个人拦腰把他抱住，一刀砍断了腰带。这人是住在财神庙的那个侉子。

靳彝甫回来了。他一到家，听说陶虎臣的事，连脸都没洗，拔脚就往陶家去。陶虎臣躺在一顶破芦席上，拥着一条破棉絮。靳彝甫掏出五块钱来，说：“虎臣，我才回来，带的钱不多，你等我一天！”

跟脚，他又奔王瘦吾家。瘦吾也是家徒四壁了。他正在对着空屋发呆。靳彝甫也掏出五块钱，说：“瘦吾，你等我一天！”

第三天，靳彝甫约王瘦吾、陶虎臣到如意楼喝酒。他从内衣口袋里掏出两封洋钱，外面裹着红纸。一看就知道，一封是一百。他在两位老友面前，各放了一封。

“先用着。”“这钱——？”

靳彝甫笑了笑。

那两个都明白了：彝甫把三块田黄给季匋民送去了。

靳彝甫端起酒杯说：“咱们今天醉一次。”

那两个同意。

“好，醉一次！”

这天是腊月三十。这样的时候，是不会有人上酒馆喝酒的。如意楼空荡荡的，就只有这三个人。

外面，正下着大雪。

一九八〇年八月二十日初稿

十一月二十日二稿

---

① 桐木刨出来的薄薄的长条。泡在水里，稍带黏性。过去女人梳头掠鬓，离不开它。

② 现在的年轻人连钉鞋也不知道了！钉鞋是一双纳帮很结实的布鞋，也有用生牛皮做的，在桐油里浸过，鞋底钉了很多奶头大的铁钉。在未有胶鞋前，这便是雨鞋。

③ 这是店铺里打牙祭的日子。

④ 在梅红纸上用刻刀镂刻出透空的细致的吉祥花纹，贴在门头上，小的叫“吊钱”，大的叫“欢乐”。有的地方叫“吊挂”。

⑤ 文徵明的长子，名彭，字寿承，三桥是他的别号。

⑥ 探子是刺激蟋蟀的斗志用的。此方多用猪鬃；南方多用四杈草掰成细须，九蒸九晒。

⑦ “新生活”是蒋介石搞的“新生活”运动，提倡“礼义廉耻”，到处刷写着“礼义廉耻，国之四维。四维不张，国乃灭亡”；限制行人靠左边走；废除作揖，改行握手；禁止燃放鞭炮；等等。总之，大家都过新生活，不许过旧生活！

⑧ 这地方店铺的门一般都是一块一块狭长的门板，上在门坎的槽里，称为“铺闼子”。

大淖记事

一

这地方的地名很奇怪，叫作大淖。全县没有几个人认得这个淖字。县境之内，也再没有别的叫作什么淖的地方。据说这是蒙古话。那么这地名大概是元朝留下的。元朝以前这地方有没有，叫作什么，就无从查考了。

淖，是一片大水。说是湖泊，似还不够，比一个池塘可要大得多，春夏水盛时，是颇为浩淼的。这是两条水道的河源。淖中央有一条狭长的沙洲。沙洲上长满茅草和芦荻。春初水暖，沙洲上冒出很多紫红色的芦芽和灰绿色的蒌蒿①，很快就是一片翠绿了。夏天，茅草、芦荻都吐出雪白的丝穗，在微风中不住地点头。秋天，全都枯黄了，就被人割去，加到自己的屋顶上去了。冬天，下雪，这里总比别处先白。化雪的时候，也比别处化得慢。河水解冻了，发绿了，沙洲上的残雪还亮晶晶地堆积着。这条沙洲是两条河水的分界处。从淖里坐船沿沙洲西面北行，可以看到高阜上的几家炕房。绿柳丛中，露出雪白的粉墙，黑漆大书四个字："鸡鸭炕房"，非常显眼。炕房门外，照例都有一块小小土坪，有几个人坐在树桩上负曝闲谈。不时有人从门里挑出一副很大的扁圆的竹笼，笼口络着绳网，里面是松花黄色的，毛茸茸，挨挨挤挤，啾啾乱叫的小鸡小鸭。由沙洲往东，要经过一座浆坊。浆是浆衣服用的。这里的人，衣服被里洗过后，都要浆一浆。浆过的衣服，穿在身上沙沙作响。浆是芡实水磨，加一点明矾，澄去水分，晒干而成。这东西是不值什么钱的。一大盆衣被，只要到杂货店花两三个铜板，买一小块，用热水冲开，就足够用了。但是全县浆粉都由这家供应（这东西是家家用得着的），所以规模也不算小。浆坊有四五个师傅忙碌着。喂着两头毛驴，轮流上磨。浆坊门外，有一片平场，太阳好的时候，每天晒着浆块，白得叫人眼睛都睁不开。炕房、浆坊附近还有几家买卖荸荠、茨菰、菱角、鲜藕的鲜货行，集散鱼蟹的鱼行和收购青草的草行。过了炕房和浆坊，就都是田畴麦垄，牛棚水车，人家的墙上贴着黑黄色的牛屎粑粑，——牛粪和水，拍成饼状，直径半尺，整齐地贴在墙上晾干，作燃料，已经完全是农村的景色了。由大淖北去，可至北乡各村。东去可至一沟、二沟、三垛，直达邻县兴化。

大淖的南岸，有一座漆成绿色的木板房，房顶、地面，都是木板的。这原是一个轮船公司。靠外手是候船的休息室。往里去，临水，就是码头。原来曾有一只小轮船，往来本城和兴化，隔日一班，单日开走，双日返回。小轮船漆得花花绿绿的，飘着万国旗，机器突突地响，烟筒冒着黑烟，装货、卸货，上客、下客，也有卖牛肉、高粱酒、花生瓜子、芝麻灌香糖的小贩，吆吆喝喝，是热闹过一阵的。后来因为公司赔了本，股东无意继续经营，就卖船停业了。这间木板房子倒没有拆去。现在里面空荡荡、冷清清，只有附近的野孩子到候船室来唱戏玩，棍棍棒棒，乱打一气，或到码头上比赛撒尿。七八个小家伙，齐齐地站成一排，把一泡泡骚尿哗哗地撒到水里，看谁尿得最远。

大淖指的是这片水，也指水边的陆地。这里是城区和乡下的交界处。从轮船公司往南，穿过一条深巷，就是北门外东大街了。坐在大淖的水边，可以听到远远地一阵一阵朦朦胧胧的市声，但是这里的一切和街里不一样。这里没有一家店铺。这里的颜色、声音、气味和街里不一样。这里的人也不一样。他们的生活，他们的风俗，他们的是非标准、伦理道德观念和街里的穿长衣念过“子曰”的人完全不同。

二

由轮船公司往东往西，各距一箭之遥，有两丛住户人家。这两丛人家，也是互不相同的，各是各乡风。

西边是几排错错落落的低矮的瓦屋。这里住的是做小生意的。他们大都不是本地人，是从下河一带，兴化、泰州、东台等处来的客户。卖紫萝卜的（紫萝卜是比荸荠略大的扁圆形的萝卜，外皮染成深蓝紫色，极甜脆），卖风菱的（风菱是很大的两角的菱角，壳极硬），卖山里红的，卖熟藕（藕孔里塞了糯米煮熟）的。还有一个从宝应来的卖眼镜的，一个从杭州来的卖天竺筷的。他们像一些候鸟，来去都有定时。

来时，向相熟的人家租一间半间屋子，住上一阵，有的住得长一些，有的短一些，到生意做完，就走了。他们都是日出而作，日入而息。吃罢早饭，各自背着、扛着、挎着、举着自己的货色，用不同的乡音，不同的腔调，吟唱吆唤着上街了。到太阳落山，又都像鸟似的回到自己的窝里。于是从这些低矮的屋檐下就都飘出带点甜味而又呛人的炊烟（所烧的柴草都是半干不湿的）。他们做的都是小本生意，赚钱不大。因为是在客边，对人很和气，凡事忍让，所以这一带平常总是安安静静的，很少有吵嘴打架的事情发生。

这里还住着二十来个锡匠，都是兴化帮。这地方兴用锡器，家家都有几件锡制的家伙。香炉、蜡台、痰盂、茶叶罐、水壶、茶壶、酒壶，甚至尿壶，都是锡的。嫁闺女时都要陪送一套锡器。最少也要有两个能容四五升米的大锡罐，摆在柜顶上，否则就不成其为嫁妆。出阁的闺女生了孩子，娘家要送两大罐糯米粥（另外还要有两只老母鸡，一百鸡蛋），装粥用的就是娘柜顶上的这两个锡罐。因此，二十来个锡匠并不显多。

锡匠的手艺不算费事，所用的家什也较简单。一副锡匠担子，一头是风箱，绳系里夹着几块锡板；一头是炭炉和两块二尺见方，一面裱着好几层表芯纸的方砖。锡器是打出来的，不是铸出来的。人家叫锡匠来打锡器，一般都是自己备料，——把几件残旧的锡器回炉重打。锡匠在人家门道里或是街边空地上，支起担子，拉动风箱，在锅里把旧锡化成锡水，——锡的熔点很低，不大一会就化了；然后把两块方砖对合着（裱纸的一面朝里），在两砖之间压一条绳子，绳子按照要打的锡器圈成近似的形状，绳头留在砖外，把锡水由绳口倾倒过去，两砖一压，就成了锡片；然后，用一个大剪子剪剪，焊好接口，用一个木棰在铁砧上敲敲打打，大约一两顿饭工夫就成型了。锡是软的，打锡器不像打铜器那样费劲，也不那样吵人。粗使的锡器，就这样就能交活。若是细巧的，就还要用刮刀刮一遍，用砂纸打一打，用竹节草（这种草中药店有卖的）磨得锃亮。

这一帮锡匠很讲义气。他们扶持疾病，互通有无，从不抢生意。若是合伙做活，工钱也分得很公道。这帮锡匠有一个头领，是个老锡匠，他说话没有人不听。老锡匠人很耿直，对其余的锡匠（不是他的晚辈就是他的徒弟）管教得很紧。他不许他们赌钱喝酒；嘱咐他们出外做活，要童叟无欺，手脚要干净；不许和妇道嬉皮笑脸。他教他们不要怕事，也绝不要惹事。除了上市应活，平常不让到处闲游乱窜。

老锡匠会打拳，别的锡匠也跟着练武。他屋里有好些白蜡杆，三节棍，没事便搬到外面场地上打对儿。老锡匠说：这是消遣，也可以防身，出门在外，会几手拳脚不吃亏。除此之外，锡匠们的娱乐便是唱唱戏。他们唱的这种戏叫作“小开口”，是一种地方小戏，唱腔本是萨满教的香火（巫师）请神唱的调子，所以又叫“香火戏”。这些锡匠并不信萨满教，但大都会唱香火戏。戏的曲调虽简单，内容却是成本大套，李三娘挑水推磨，生下咬脐郎；白娘子水漫金山；刘金定招亲；方卿唱道情……可以坐唱，也可以化了装彩唱。遇到阴天下雨，不能出街，他们能吹打弹唱一整天。附近的姑娘媳妇都挤过来看，——听。

老锡匠有个徒弟，也是他的侄儿，在家大排行第十一，小名就叫个十一子，外人都只叫他小锡匠。这十一子是老锡匠的一件心事。因为他太聪明，长得又太好看了。他长得挺拔厮称，肩宽腰细，唇红齿白，浓眉大眼，头戴遮阳草帽，青鞋净袜，全身衣服整齐合体。天热的时候，敞开衣扣，露出扇面也似的胸脯，五寸宽的雪白的板带煞得很紧。走起路来，高抬脚，轻着地，麻溜利索。锡匠里出了这样一个一表人才，真是鸡窝里飞出了金凤凰。老锡匠心里明白：唱“小开口”的时候，那些挤过来的姑娘媳妇，其实都是来看这位十一郎的。

老锡匠经常告诫十一子，不要和此地的姑娘媳妇拉拉扯扯，尤其不要和东头的姑娘媳妇有什么勾搭：“她们和我们不是一样的人！”

三

轮船公司东头都是草房，茅草盖顶，黄土打墙，房顶两头多盖着半片破缸破瓮，防止大风时把茅草刮走。这里的人，世代相传，都是挑夫。男人、女人，大人、孩子，都靠肩膀吃饭。

挑得最多的是稻子。东乡、北乡的稻船，都在大淖靠岸。满船的稻子，都由这些挑夫挑走。或送到米店，或送进哪家大户的廒仓，或挑到南门外琵琶闸的大船上，沿运河外运。有时还会一直挑到车逻、马棚湾这样很远的码头上。单程一趟，或五六里，或七八里、十多里不等。一二十人走成一串，步子走得很匀，很快。一担稻子一百五十斤，中途不歇肩。一路不停地打着号子。换肩时一齐换肩。打头的一个，手往扁担上一搭，一二十副担子就同时由右肩转到左肩上来了。每挑一担，领一根“筹子”，——尺半长，一寸宽的竹牌，上涂白漆，一头是红的。

到傍晚凭筹领钱。

稻谷之外，什么都挑。砖瓦、石灰、竹子（挑竹子一头拖在地上，在砖铺的街面上擦得刷刷地响），桐油（桐油很重，使扁担不行，得用木杠，两人抬一桶）……因此，一年三百六十天，天天有活干，饿不着。

十三四岁的孩子就开始挑了。起初挑半担，用两个柳条笆斗。练上一二年，人长高了，力气也够了，就挑整担，像大人一样的挣钱了。

挑夫们的生活很简单：卖力气，吃饭。一天三顿，都是干饭。这些人家都不盘灶，烧的是“锅腔子”——黄泥烧成的矮瓮，一面开口烧火。烧柴是不花钱的。淖边常有草船，乡下人挑芦柴入街去卖，一路总要撒下一些。凡是尚未挑担挣钱的孩子，就一人一把竹筢，到处去搂。因此，这些顽童得到一个稍带侮辱性的称呼，叫作“筢草鬼子”。有时懒得费事，就从乡下人的草担上猛力拽出一把，拔腿就溜。等乡下人撂下担子叫骂时，他们早就没影儿了。锅腔子无处出烟，烟子就横溢出来，飘到大淖水面上，平铺开来，停留不散。这些人家无隔宿之粮，都是当天买，当天吃。吃的都是脱壳的糙米。一到饭时，就看见这些茅草房子的门口蹲着一些男子汉，捧着一个蓝花大海碗，碗里是骨堆堆的一碗紫红紫红的米饭，一边堆着青菜小鱼、臭豆腐、腌辣椒，大口大口地在吞食。他们吃饭不怎么嚼，只在嘴里打一个滚，咕咚一声就咽下去了。看他们吃得那样香，你会觉得世界上再没有比这个饭更好吃的饭了。

他们也有年，也有节。逢年过节，除了换一件干净衣裳，吃得好一些，就是聚在一起赌钱。赌具，也是钱。打钱，滚钱。打钱：各人拿出一二十铜元，叠成很高的一摞。参与者远远地用一个钱向这摞铜钱砸去，砸倒多少取多少。滚钱又叫“滚五七寸”。在一片空场上，各人放一摞钱；一块整砖支起一个斜坡，用一个铜元由砖面落下，向钱注密处滚去，钱停住后，用事前备好的两根草棍量一量，如距钱注五寸，滚钱者即可吃掉这一注；距离七寸，反赔出与此注相同之数。这种古老的博法使挑夫们得到极大的快乐。旁观的闲人也不时大声喝采，为他们助兴。

这里的姑娘媳妇也都能挑。她们挑得不比男人少，走得不比男人慢。挑鲜货是她们的专业。大概是觉得这种水淋淋的东西对女人更相宜，男人们是不屑于去挑的。这些“女将”都生得颀长俊俏，浓黑的头发上涂了很多梳头油，梳得油光水滑（照当地说法是：苍蝇站上去都会闪了腿）。脑后的发髻都极大。发髻的大红头绳的发根长到二寸，老远就看到通红的一截。她们的发髻的一侧总要插一点什么东西。清明插一个柳球（杨柳的嫩枝，一头拿牙咬着，把柳枝的外皮连同鹅黄的柳叶使劲往下一抹，成一个小小球形），端午插一丛艾叶，有鲜花时插一朵栀子、一朵夹竹桃，无鲜花时插一朵大红剪绒花。因为常年挑担，衣服的肩膀处易破，她们的托肩多半是换过的。旧衣服，新托肩，颜色不一样，这几乎成了大淖妇女的特有的服饰。一二十个姑娘媳妇，挑着一担担紫红的荸荠、碧绿的菱角、雪白的连枝藕，走成一长串，风摆柳似的嚓嚓地走过，好看得很！

她们像男人一样的挣钱，走相、坐相也像男人。走起来一阵风，坐下来两条腿叉得很开。她们像男人一样赤脚穿草鞋（脚指甲却用凤仙花染红）。她们嘴里不忌生冷，男人怎么说话她们怎么说话，她们也用男人骂人的话骂人。打起号子来也是“好大娘个歪歪子咧！”——“歪歪子咧……”

没出门子的姑娘还文雅一点，一做了媳妇就简直是“姜太公在此百无禁忌”，要多野有多野。有一个老光棍黄海龙，年轻时也是挑夫，后来腿脚有了点毛病，就在码头上看看稻船，收收筹子。这老头儿老没正轻，一把胡子了，还喜欢在媳妇们的胸前屁股上摸一把，拧一下。按辈分，他应当被这些媳妇称呼一声叔公，可是谁都管他叫“老骚胡子”。有一天，他又动手动脚的，几个媳妇一咬耳朵，一二三，一齐上手，眨眼之间叔公的裤子就挂在大树顶上了。有一回，叔公听见卖饺面②的挑着担子，敲着竹梆走来，他又来劲了：“你们敢不敢到淖里洗个澡？——敢，我一个人输你们两碗饺面！”——“真的？”——“真的！”——“好！”几个媳妇脱了衣服跳到淖里扑通扑通洗了一会。爬上岸就大声喊叫：“下面！”

这里人家的婚嫁极少明媒正娶，花轿吹鼓手是挣不着他们的钱的。媳妇，多是自己跑来的；姑娘，一般是自己找人。她们在男女关系上是比较随便的。姑娘在家生私孩子；一个媳妇，在丈夫之外，再“靠”一个，不是稀奇事。这里的女人和男人好，还是恼，只有一个标准：情愿。有的姑娘、媳妇相与了一个男人，自然也跟他要钱买花戴，但是有的不但不要他们的钱，反而把钱给他花，叫作“倒贴”。

因此，街里的人说这里“风气不好”。

到底是哪里的风气更好一些呢？难说。

四

大淖东头有一户人家。这一家只有两口人，父亲和女儿。父亲名叫黄海蛟，是黄海龙的堂弟（挑夫里姓黄的多）。原来是挑夫里的一把好手。他专能上高跳。这地方大粮行的“窝积”（长条芦席围成的粮囤），高到三四丈，只支一只单跳，很陡。上高跳要提着气一口气窜上去，中途不能停留。遇到上了一点岁数的或者“女将”，抬头看看高跳，有点含糊，他就走过去接过一百五十斤的担子，一支箭似的上到跳顶，两手一提，把两箩稻子倒在“窝积”里，随即三五步就下到平地。因为为人忠诚老实，二十五岁了，还没有成亲。那年在车逻挑粮食，遇到一个姑娘向他问路。这姑娘留着长长的刘海，梳了一个“苏州俏”的发髻，还抹了一点胭脂，眼色张皇，神情焦急，她问路，可是连一个准地名都说不清，一看就知道是大户人家逃出来的使女。黄海蛟和她攀谈了一会，这姑娘就表示愿意跟着他过。她叫莲子。——这地方丫头、使女多叫莲子。

莲子和黄海蛟过了一年，给他生了个女儿。七月生的，生下的时候满天都是五色云彩，就取名叫作巧云。

莲子的手很巧、也勤快，只是爱穿件华丝葛的裤子，爱吃点瓜子零食，还爱唱“打牙牌”之类的小调：“凉月子一出照楼梢，打个呵欠伸懒腰，瞌睡子又上来了。哎哟，哎哟，瞌睡子又上来了……”这和大淖的乡风不大一样。

巧云三岁那年，她的妈莲子，终于和一个过路戏班子的一个唱小生的跑了。那天，黄海蛟正在马棚湾。莲子把黄海蛟的衣裳都浆洗了一遍，巧云的小衣裳也收拾在一起，焖了一锅饭，还给老黄打了半斤酒，把孩子托给邻居，说是她出门有点事，锁了门，从此就不知去向了。

巧云的妈跑了，黄海蛟倒没有怎么伤心难过。这种事情在大淖这个地方也值不得大惊小怪。养熟的鸟还有飞走的时候呢，何况是一个人！只是她留下的这块肉，黄海蛟实在是疼得不行。他不愿巧云在后娘的眼皮底下委委屈屈地生活，因此发心不再续娶。他就又当爹又当妈，和女儿巧云在一起过了十几年。他不愿巧云去挑扁担，巧云从十四岁就学会结鱼网和打芦席。

巧云十五岁，长成了一朵花。身材、脸盘都像妈。瓜子脸，一边有个很深的酒窝。眉毛黑如鸦翅，长入鬓角。眼角有点吊，是一双凤眼。睫毛很长，因此显得眼睛经常是眯睎着；忽然回头，睁得大大的，带点吃惊而专注的神情，好像听到远处有人叫她似的。她在门外的两棵树杈之间结网，在淖边平地上织席，就有一些少年人装着有事的样子来来去去。她上街买东西，甭管是买肉、买菜，打油、打酒，撕布、量头绳，买梳头油、雪花膏，买石碱、浆块，同样的钱，她买回来，分量都比别人多，东西都比别人的好。这个奥秘早被大娘、大婶们发现，她们都托她买东西。只要巧云一上街，都挎了好几个竹篮，回来时压得两个胳臂酸疼酸疼。泰山庙唱戏，人家都自己扛了板凳去。巧云散着手就去了。一去了，总有人给她找一个得看的好座。台上的戏唱得正热闹，但是没有多少人叫好。因为好些人不是在看戏，是看她。

巧云十六了，该张罗着自己的事了。谁家会把这朵花迎走呢？炕房的老大？浆坊的老二？鲜货行的老三？他们都有这意思。这点意思黄海蛟知道了，巧云也知道。不然他们老到淖东头来回晃摇是干什么呢？但是巧云没怎么往心里去。

巧云十七岁，命运发生了一个急转直下的变化。她的父亲黄海蛟在一次挑重担上高跳时，一脚踏空，从三丈高的跳板上摔下来，摔断了腰。起初以为不要紧，养养就好了。不想喝了好多药酒，贴了好多膏药，还不见效。她爹半瘫了，他的腰再也直不起来了。他有时下床，扶着一个剃头担子上用的高板凳，格登格登地走一截，平常就只好半躺下靠在一摞被窝上。他不能用自己的肩膀为女儿挣几件新衣裳，买两枝花，却只能由女儿用一双手养活自己了。还不到五十岁的男子汉，只能做一点老太婆做的事：绩了一捆又一捆的供女儿结网用的麻线。事情很清楚：巧云不会撇下她这个老实可怜的残废爹。谁要愿意，只能上这家来当一个倒插门的养老女婿。谁愿意呢？这家的全部家产只有三间草屋（巧云和爹各住一间，当中是一个小小的堂屋）。老大、老二、老三时不时走来走去，拿眼睛瞟着隔着一层鱼网或者坐在雪白的芦席上的一个苗条的身子。他们的眼睛依然不缺乏爱慕，但是减少了几分急切。

老锡匠告诫十一子不要老往淖东头跑，但是小锡匠还短不了要来。大娘、大婶、姑娘、媳妇有旧壶翻新，总喜欢叫小锡匠来；从大淖过深巷上大街也要经过这里，巧云家门前的柳荫是一个等待雇主的好地方。巧云织席，十一子化锡，正好做伴。有时巧云停下活计，帮小锡匠拉风箱。有时巧云要回家看看她的残废爹，问他想不想吃烟喝水，小锡匠就压住炉里的火，帮她织一气席。巧云的手指划破了（织席很容易划破手，压扁的芦苇薄片，刀一样地锋快），十一子就帮她吮吸指头肚子上的血。巧云从十一子口里知道他家里的事：他是个独子，没有兄弟姐妹。他有一个老娘，守寡多年了。他娘在家给人家做针线，眼睛越来越不好，他很担心她有一天会瞎……

好心的大人路过时会想：这倒真是两只鸳鸯，可是配不成对。一家要招一个养老女婿，一家要接一个当家媳妇，弄不到一起。他们俩呢，只是很愿意在一处谈谈坐坐。都到岁数了，心里不是没有。只是像一片薄薄的云，飘过来，飘过去，下不成雨。

有一天晚上，好月亮，巧云到淖边一只空船上去洗衣裳（这里的船泊定后，把桨拖到岸上，寄放在熟人家，船就拴在那里，无人看管，谁都可以上去）。她正在船头把身子往前倾着，用力涮着一件大衣裳，一个不知轻重的顽皮野孩子轻轻走到她身后，伸出两手咯吱她的腰。她冷不防，一头栽进了水里。她本会一点水，但是一下子懵了。这几天水又大，流很急。她挣扎了两下，喊救人，接连喝了几口水。她被水冲走了！正赶上十一子在炕房门外土坪上打拳，看见一个人冲了过来，头发在水上漂着。他褪下鞋子，一猛子扎到水底，从水里把她托了起来。

十一子把她肚子里的水控了出来，巧云还是昏迷不醒。十一子只好把她横抱着，像抱一个婴儿似的，把她送回去。她浑身是湿的，软绵绵，热乎乎的。十一子觉得巧云紧紧挨着他，越挨越紧。十一子的心怦怦地跳。

到了家，巧云醒来了。（她早就醒来了！）十一子把她放在床上。巧云换了湿衣裳（月光照出她的美丽的少女的身体）。十一子抓一把草，给她熬了半锅子姜糖水，让她喝下去，就走了。

巧云起来关了门，躺下。她好像看见自己躺在床上的样子。月亮真好。

巧云在心里说："你是个呆子！"

她说出声来了。

不大一会，她也就睡死了。

就在这一天夜里，另外一个人，拨开了巧云家的门。

五

由轮船公司对面的巷子转东大街，往西不远，有一个道士观，叫作炼阳观。现在没有道士了，里面住了不到一营水上保安队。这水上保安队是地方武装。他们名义上归县政府管辖，饷银却由县商会开销，水上保安队的任务是下乡剿土匪。这一带土匪很多，他们抢了人，绑了票，大都藏匿在芦荡湖泊中的船上（这地方到处是水），如遇追捕，便于脱逃。因此，地方绅商觉得很需要成立一个特殊的武装力量来对付这些成帮结伙的土匪。水上保安队装备是很好的。他们乘的船是“铁板划子”——船的三面都有半人高、三四分厚的铁板，子弹是打不透的。铁板划子就停在大淖岸边，样子很高傲。一有任务，就看见大兵们扛着两挺水机关，用箩筐抬着多半筐子弹（子弹不用箱装，却使箩抬，颇奇怪），上了船，开走了。

或七八天，或十天半月，他们得胜回来了（他们有铁板划子，又有水机关，对土匪有压倒优势，很少有伤亡）。铁板划子靠了岸，上岸列队，由深巷，上大街，直奔县政府。这队伍是四列纵队。前面是号队。这不到一营的人，却有十二支号。一上大街，就“打打打滴打大打滴大打”，齐齐整整地吹起来。后面是全队弟兄，一律荷枪实弹。号队之后，大队之前的正中，是捉来的土匪。有时三个五个，有时只有一个，都是五花大绑。这队伍是很神气的。最妙的是被绑着的土匪也一律都合着号音，步伐整齐，雄赳赳气昂昂地走着。甚至值日官喊“一、二、三、四”，他们也随着大声地喊。大队上街之前，要由地保事先通知沿街店铺，凡有鸟笼的（有的店铺是养八哥、画眉的），都要收起来，因为土匪大哥看见不高兴，这是他们忌讳的（他们到了县政府，都下在大狱里，看见笼中鸟，就无出狱希望了）。看看这样的铜号放光，刺刀雪亮，还夹着几个带有传奇色彩的土匪英雄的威武雄壮的队伍，是这条街上的民众的一件快乐事情。其快乐程度不下于看狮子、龙灯、高跷、抬阁和僧道齐全、六十四杠的大出丧。

除了下乡办差，保安队的弟兄们没有什么事。他们除了把两挺水机关扛到大淖边突突地打两梭（把淖岸上的泥土打得簌簌地往下掉），平常是难得出操、打野外的。使人们感觉到这营把人的存在的，是这十二个号兵早晚练号。早晨八九点钟，下午四五点钟，他们就到大淖边来了。先是拔长音，然后各自吹几段，最后是合吹进行曲、三环号（他们吹三环号只是吹着玩，因为从来没有接受检阅的时候）。吹完号，就解散，想干什么干什么。有的，就轻手轻脚，走进一家的门外，咳嗽一声，随着，走了进去，门就关起来了。

这些号兵大都衣着整齐，干净爱俏。他们除了吹吹号，整天无事干，有的是闲空。他们的钱来得容易，——饷钱倒不多，但每次下乡，总有犒赏；有时与土匪遭遇，双方谈条件，也常从对方手中得到一笔钱。手面很大方，花钱不在乎。他们是保护地方绅商的军人，身后有靠山，即或出一点什么事，谁也无奈他何。因此，这些大爷就觉得不风流风流，实在对不起自己，也辜负了别人。

十二个号兵，有一个号长，姓刘，大家都叫他刘号长。这刘号长前后跟大淖几家的媳妇都很熟。

拨开巧云家的门的，就是这个号长！

号长走的时候留下十块钱。

这种事在大淖不是第一次发生。巧云的残废爹当时就知道了。他拿着这十块钱，只是长长地叹了一口气。邻居们知道了，姑娘、媳妇并未多议论，只骂了一句："这个该死的！"

巧云破了身子，她没有淌眼泪，更没有想到跳到淖里淹死。人生在世，总有这么一遭！只是为什么是这个人？真不该是这个人！怎么办？拿把菜刀杀了他？放火烧了炼阳观？不行！她还有个残废爹。她怔怔地坐在床上，心里乱糟糟的。她想起该起来烧早饭了。她还得结网，织席，还得上街。她想起小时候上人家看新娘子，新娘子穿了一双粉红的缎子花鞋。她想起她的远在天边的妈。她记不得妈的样子，只记得妈用一个筷子头蘸了胭脂给她点了一点眉心红。她拿起镜子照照，她好像第一次看清楚自己的模样。她想起十一子给她吮手指上的血，这血一定是咸的。她觉得对不起十一子，好像自己做错了什么事。她非常失悔：没有把自己给了十一子！

她的这个念头越来越强烈。这个号长来一次，她的念头就更强烈一分。

水上保安队又下乡了。

一天，巧云找到十一子，说："晚上你到大淖东边来，我有话跟你说。"

十一子到了淖边。巧云踏在一只"鸭撇上"上（放鸭子用的小船，极小，仅容一人。这是一只公船，平常就拴在淖边。大淖人谁都可以撑着它到沙洲上挑蒌蒿，割茅草，拣野鸭蛋），把蒿子一点，撑向淖中央的沙洲，对十一子说：“你来！”

过了一会，十一子泅水到了沙洲上。

他们在沙洲的茅草丛里一直呆到月到中天。

月亮真好啊！

六

十一子和巧云的事，师兄们都知道，只瞒着老锡匠一个人。他们偷偷地给他留着门，在门窝子里倒了水（这样推门进来没有声音）。十一子常常到天快亮的时候才回来。有一天，又是这时候才推开门。刚刚要钻被窝，听见老锡匠说：

“你不要命啦！”

这种事情怎么瞒得住人呢？终于，传到刘号长的耳朵里。其实没有人跟他嚼舌头，刘号长自己还不知道？巧云看见他都讨厌，她的全身都是冷淡的。刘号长咽不下这口气。本来，他跟巧云又没有拜过堂，完过花烛，闲花野草，断了就断了。可是一个小锡匠，夺走了他的人，这丢了当兵的脸。太岁头上动土，这还行！这种事从来没有发生过。连保安队的弟兄也都觉得面上无光，在人前矬了一截。他是只许自己在别人头上拉屎撒尿，不许别人在他脸上溅一星唾沫的。若是闭着眼过去，往后，保安队的人还混不混了？

有一天，天还没亮，刘号长带了几个弟兄，踢开巧云家的门，从被窝里拉起了小锡匠，把他捆了起来。把黄海蛟、巧云的手脚也都捆了，怕他们去叫人。

他们把小锡匠弄到泰山庙后面的坟地里，一人一根棍子，搂头盖脸地打他。

他们要小锡匠卷铺盖走人，回他的兴化，不许再留在大淖。

小锡匠不说话。

他们要小锡匠答应不再走进黄家的门，不挨巧云的身子。

小锡匠还是不说话。

他们要小锡匠告一声饶，认一个错。

小锡匠的牙咬得紧紧的。

小锡匠的硬铮把这些向来是横着膀子走路的家伙惹怒了，“你这样硬！打不死你！”——“打”，七八根棍子风一样、雨一样打在小锡匠的身上。

小锡匠被他们打死了。

锡匠们听说十一子被保安队的人绑走了，他们四处找，找到了泰山庙。

老锡匠用手一探，十一子还有一丝悠悠气。老锡匠叫人赶紧去找陈年的尿桶。他经验过这种事，打死的人，只有喝了从桶里刮出来的尿碱，才有救。

十一子的牙关咬得很紧，灌不进去。

巧云捧了一碗尿碱汤，在十一子的耳边说：“十一子，十一子，你喝了！”

十一子微微听见一点声音，他睁了睁眼。巧云把一碗尿碱汤灌进了十一子的喉咙。

不知道为什么，她自己也尝了一口。

锡匠们摘了一块门板，把十一子放在门板上，往家里抬。

他们抬着十一子，到了大淖东头，还要往西走。巧云拦住了：

“不要。抬到我家里。”

老锡匠点点头。

巧云把屋里存着的鱼网和芦席都拿到街上卖了，买了七厘散，医治十一子身子里的瘀血。

东头的几家大娘、大婶杀了下蛋的老母鸡，给巧云送来了。

锡匠们凑了钱，买了人参，熬了参汤。

挑夫，锡匠，姑娘，媳妇，川流不息地来看望十一子。他们把平时在辛苦而单调的生活中不常表现的热情和好心都拿出来了。他们觉得十一子和巧云做的事都很应该，很对。大淖出了这样一对年轻人，使他们觉得骄傲。大家的心喜洋洋，热乎乎的，好像在过年。

刘号长打了人，不敢再露面。他那几个弟兄也都躲在保安队的队部里不出来。保安队的门口加了双岗。这些好汉原来都是一窝“草鸡”！

锡匠们开了会。他们向县政府递了呈子，要求保安队把姓刘的交出来。

县政府没有答复。

锡匠们上街游行。这个游行队伍是很多人从未见过的。没有旗子，没有标语，就是二十来个锡匠挑着二十来副锡匠担子，在全城的大街上慢慢地走。这是个沉默的队伍，但是非常严肃。他们表现出不可侵犯的威严和不可动摇的决心。这个带有中世纪行帮色彩的游行队伍十分动人。

游行继续了三天。

第三天，他们举行了“顶香请愿”。二十来个锡匠，在县政府照壁前坐着，每人头上用木盘顶着一炉炽旺的香。这是一个古老的风俗：民有沉冤，官不受理，被逼急了的百姓可以用香火把县大堂烧了，据说这不算犯法。

这条规矩不载于《六法全书》，现在不是大清国，县政府可以不理会这种“陋习”。但是这些锡匠是横了心的，他们当真干起来，后果是严重的。县长邀请县里的绅商商议，一致认为这件事不能再不管。于是由商会会长出面，约请了有关的人：一个承审——作为县长代表，保安队的副官，老锡匠和另外两个年长的锡匠，还有代表挑夫的黄海龙，四邻见证，——卖眼镜的宝应人，卖天竺筷的杭州人，在一家大茶馆里举行会谈，来“了”这件事。

会谈的结果是：小锡匠养伤的药钱由保安队负担（实际是商会拿钱），刘号长驱逐出境。由刘号长画押具结。老锡匠觉得这样就给锡匠和挑夫都挣了面子，可以见好就收了。只是要求在刘某人的甘结上写上一条：如果他再踏进县城一步，任凭老锡匠一个人把他收拾了！

过了两天，刘号长就由两个弟兄持枪护送，悄悄地走了。他被调到三垛去当了税警。

十一子能进一点饮食，能说话了。巧云问他：

“他们打你，你只要说不再进我家的门，就不打你了，你就不会吃这样大的苦了。你为什么不说？”

“你要我说么？”

“不要。”

“我知道你不要。”

“你值么？”

“我值。”

“十一子，你真好！我喜欢你！你快点好。”

“你亲我一下，我就好得快。”

“好，亲你！”

巧云一家有了三张嘴。两个男的不能挣钱，但要吃饭。大淖东头的人家就没有积蓄，也没有什么东西可以变卖典押。结鱼网，打芦席，都不能当时见钱。十一子的伤一时半会不会好，日子长了，怎么过呢？巧云没有经过太多考虑，把爹用过的箩筐找出来，磕磕尘土，就去挑担挣“活钱”去了。姑娘媳妇都很佩服她。起初她们怕她挑不惯，后来看她脚下很快，很匀，也就放心了。从此，巧云就和邻居的姑娘媳妇在一起，挑着紫红的荸荠、碧绿的菱角、雪白的连枝藕，风摆柳似的穿街过市，发髻的一侧插着大红花。她的眼睛还是那么亮，长睫毛忽扇忽扇的。但是眼神显得更深沉，更坚定了。她从一个姑娘变成了一个很能干的小媳妇。

十一子的伤会好么？

会。

当然会！

一九八一年二月四日，旧历大年三十

---

① 蒌蒿是生于水边的野草，粗如笔管，有节，生狭长的小叶，初生二寸来高，叫作“蒌蒿薹子”，加肉炒食极清香。苏东坡诗：“竹外桃花三两枝，春江水暖鸭先知，蒌蒿满地芦芽短，正是河豚欲上时。”蒌蒿见之于诗，这大概是第一次。他很能写出节令风物之美。

② 一半馄饨一半面下在一起，当地叫作饺面。

鸡鸭名家

刚才那两个老人是谁？

父亲在洗刮鸭掌。每个蹠蹼都掰开来仔细看过，是不是还有一丝泥垢，一片没有去尽的皮，就像在做一件精巧的手工似的。两副鸭掌白白净净，妥妥停停，排成一排。四只鸭翅，也白白净净，排成一排。很漂亮，很可爱。甚至那两个鸭肫，父亲也把它处理得极美。他用那把我小时就非常熟悉的角柄小刀从栗紫色当中闪着钢蓝色的一个微微凹处轻轻一划，一翻，里面的蕊黄色的东西就翻出来了。洗涮了几次，往鸭掌、鸭翅之间一放，样子很名贵，像一种珍奇的果品似的。我很有兴趣地看着他用洁白的，然而男性的手，熟练地做着这样的事。我小时候就爱看他用他的手做这一类的事，就像我爱看他画画刻图章一样。我和父亲分别了十年，他的这双手我还是非常熟悉。

刚才那两个老人是谁？

鸭掌、鸭翅是刚从鸡鸭店里买来的。这个地方鸡鸭多，鸡鸭店多。鸡鸭店都是回回开的。这地方一定有很多回回。我们家乡回回很少。鸡鸭店全城似乎只有一家。小小一间铺面，干净而寂寞。门口挂着收拾好的白白净净的鸡鸭，很少有人买。我每回走过时总觉得有一种使人难忘的印象袭来。这家铺子有一种什么东西和别家不一样。好像这是一个古代的店铺。铺子在我舅舅家附近，出一个深巷高坡，上大街，拐角第一家便是。主人相貌奇古，一个非常大的鼻子，鼻子上有很多小洞，通红通红，十分鲜艳，一个酒糟鼻子。我从那个鼻子上认得了什么叫酒糟鼻子。没有人告诉过我，我无师自通，一看见就知道："酒糟鼻子！"我在外十年，时常会想起那个鼻子。刚才在鸡鸭店又想起了那个鼻子。现在那个鼻子的主人，那条斜阳古柳的巷子不知怎么样了……

那两个老人是谁？

一声鸡啼，一只金彩烂丽的大公鸡，一个很好看的鸡，在小院子里顾影徘徊，又高傲，又冷清。

那两个老人是谁呢，父亲跟他们招呼的，在江边的沙滩上？……

街上回来，行过沙滩。沙滩上有人在分鸭子。四个男子汉站在一个大鸭圈里，在熙熙攘攘的鸭群里，一只一只，提着鸭脖子，看一看，分别丢在四边几个较小的圈里。他们看什么？——四个人都一色是短棉袄，下面皆系青布鱼裙。这一带，江南江北，依水而住，靠水吃水的人，卖鱼的，贩卖菱藕、芡实、芦柴、茭草的，都有这样一条裙子。系了这样一条大概宋朝就兴的布裙，戴上一顶瓦块毡帽，一看就知道是干什么行业的。——看的是鸭头，分别公母？母鸭下蛋，可能价钱卖得贵些？不对，鸭子上了市，多是卖给人吃，很少人家特为买了母鸭下蛋的。单是为了分别公母，弄两个大圈就行了，把公鸭赶到一边，剩下的不都是母鸭了，无须这么麻烦。是公是母，一眼不就看出来，得要那么提起来认一认么？而且，几个圈里灰头绿头都有！——沙滩上安静极了，然而万籁有声，江流浩浩，飘忽着一种又积极又消沉的神秘的向往，一种广大而深微的呼吁，悠悠窅窅，悄怆感人。东北风。交过小雪了，真的入了冬了。可是江南地暖，虽已至“相逢不出手”的时候，身体各处却还觉得舒舒服服，饶有清兴，不很肃杀，天气微阴，空气里潮润润的。新麦、旧柳，抽了卷须的豌豆苗，散过了絮的蒲公英，全都欣然接受这点水气。鸭子似乎也很满意这样的天气，显得比平常安静得多。虽被提着脖子，并不表示抗议。也由于那几个鸭贩子提得是地方，一提起，趁势就甩了过去，不致使它们痛苦。甚至那一甩还会使它们得到筋肉伸张的快感，所以往来走动，煦煦然很自得的样子。人多以为鸭子是很唠叨的动物，其实鸭子也有默处的时候。不过这样大一群鸭子而能如此雍雍雅雅，我还从未见过。它们今天早上大概都得到一顿饱餐了吧？——什么地方送来一阵煮大麦芽的气味，香得很。一定有人用长柄的大铲子在铜锅里慢慢搅和着，就要出糖。——是约约斤两，把新鸭和老鸭分开？也不对。这些鸭子都差不多大，全是当年的，生日不是四月下旬就是五月初，上下差不了几天。骡马看牙口，鸭子不是骡马，也看几岁口？看，也得叫鸭子张开嘴，而鸭子嘴全都闭得扁扁的。黄嘴也是扁扁的，绿嘴也是扁扁的。即使掰开来看，也看不出所以然呀，全都是一圈细锯齿，分不开牙多牙少。看的是嘴。看什么呢？哦，鸭嘴上有点东西，有一道一道印子，是刻出来的。有的一道，有的两道，有的刻一个十字叉叉。哦，这是记号！这一群鸭子不是一家养的。主人相熟，搭伙运过江来了，混在一起，搅乱了，现在再分开，以便各自出卖？对了，对了！不错！这个记号作得实在有道理。

江边风大，立久了究竟有点冷，走吧。

刚才运那一车鸡的两口子不知到了哪儿了。一板车的鸡，一笼一笼堆得很高。这些鸡是他们自己的，还是给别人家运的？我起初真有些不平，这个男人真岂有此理，怎么叫女人拉车，自己却提了两只分量不大的蒲包在后面踱方步！后来才知道，他的负担更重一些。这一带地不平，尽是坑！车子拉动了，并不怎么费力，陷在坑里要推上来可不易。这一下，够瞧的！车掉进坑了，他赶紧用肩膀顶住。然而一只轱辘怎么弄也上不来。跑过来两个老人（他们原来蹲在一边谈天）。老人之一捡了一块砖煞住后滑的轱辘，推车的男人发一声喊，车上来了！他接过女人为他拾回来的落到地下的毡帽，掸一掸草屑，向老人道了谢："难为了！"车子吱吱吜吜地拉过去，走远了。我忽然想起了两句《打花鼓》：

恩爱的夫妻

槌不离锣

这两句唱腔老是在我心里回旋。我觉得很凄楚。

这个记号作得实在很有道理。遍观鸭子全身，还有其他什么地方可以作记号的呢？不像鸡。鸡长大了，毛色各不相同，养鸡人都记得。在他们眼中，世界没有两只同样的鸡。就是被人偷去杀了吃掉，剩下一

雞負其子
子愷畫

堆毛，他认也认得清（《王婆骂鸡》中列举了很多鸡的名目，这是一部“鸡典”）。小鸡都差不多，养鸡的人家都在它们的肩翅之间染了颜色，或红或绿，以防走失。我小时颇不赞成，以为这很不好看。但人家养鸡可不是为了给我看的！鸭子麻烦，不能染色。小鸭子要下水，染了颜色，浸在水里，要退。到一放大毛，则普天下的鸭子只有两种样子了：公鸭、母鸭。所有的公鸭都一样，所有的母鸭也都一样。鸭子养在河里，你家养，他家养，难免混杂。可以作记号的地方，一看就看出来的，只有那张嘴。上帝造鸭，没有想到鸭嘴有这个用处吧。小鸭子，嘴嫩嫩的，刻几道一定很容易。鸭嘴是角质，就像指甲，没有神经，刻起来不痛。刻过的嘴，一样吃东西，碎米、浮萍、小鱼、虾蛋、蛆虫……鸭子们大概毫不在乎。不会有一只鸭子发现同伴的异样，呱呱大叫起来：“咦！老哥，你嘴上是怎么回事，雕了花了？”当初想出作这样记号的，一定是个聪明人。

然而那两个老人是谁呢？

鸭掌鸭翅已经下在砂锅里。砂锅咕嘟咕嘟响了半天了，汤的气味飘出来，快得了。碗筷摆了出来，就要吃饭了。

“那两个老人是谁？”

“怎么？——你不记得了？”

父亲这一反问教我觉得高兴：这分明是两个值得记得的人。我一问，他就知道问的是谁。

“一个是余老五。”

余老五！我立刻知道，是高高大大，广额方颡，一腮帮白胡子茬的那个。——那个瘦瘦小小，目光精利，一小撮山羊胡子，头老是微微扬起，眼角带着一点嘲讽痕迹的，行动敏捷，不像是六十开外的人，是——

“陆长庚。”

“陆长庚？”

“陆鸭。”

陆鸭！这个名字我很熟，人不很熟，不像余老五似的是天天见得到的老街坊。

余老五是余大房炕房的师傅。他虽也姓余，炕房可不是他开的，虽然他是这个炕房里顶重要的一个人。老板和他同宗，但已经出了五服，他们之间只有东伙缘分，不讲亲戚面情。如果意见不合，东辞伙，伙辞东，都是可以的。说是老街坊，余大房离我们家还很有一段路。地名大淖，已经是附郭的最外一圈。大淖是一片大水，由此可至东北各乡及下河诸县。水边有人家处亦称大淖。这是个很动人的地方，风景人物皆有佳胜处。在这里出入的，多是戴瓦块毡帽系鱼裙的朋友。乘小船往北顺流而下，可以在垂杨柳、脆皮榆、茅棚、瓦屋之间，高爽地段，看到一座比较整齐的房子，两旁八字粉墙，几个黑漆大字，鲜明醒目；夏天门外多用芦席搭一凉棚，绿缸里渍着凉茶，任人取用；冬天照例有卖花生薄脆的孩子在门口踢毽子；树顶上飘着做会的纸幡或一串红绿灯笼的，那是“行”。一种是鲜货行，代客投牙买卖鱼虾水货、荸荠茨菰、山药芋艿、薏米鸡头，诸种杂物。一种是鸡鸭蛋行。鸡鸭蛋行旁边常常是一家炕房。炕房无字号，多称姓某几房，似颇有古意。其中余大房声誉最著，一直是最大的一家。

余老五成天没有什么事情，老看他在街上逛来逛去，到哪里都提了他那把奇大无比，细润发光的紫砂茶壶，坐下来就聊，一聊一半天。而且好喝酒，一天两顿，一顿四两。而且好管闲事。跟他毫无关系的事，他也要挤上来插嘴。而且声音奇大。这条街上茶馆酒肆里随时听得见他的喊叫一样的说话声音。不论是哪两家闹纠纷，吃“讲茶”评理，都有他一份。就凭他的大嗓门，别人只好退避三舍，叫他一个人说！有时炕房里有事，差个小孩子来找他，问人看见没有，答话的人常是说：“看没有看见，听倒听见的。再走过三家门面，你把耳朵竖起来，找不到，再来问我！”他一年闲到头，吃、喝、穿、用全不缺。余大房养他。只有每年春夏之间，看不到他的影子了。

多少年没有吃“巧蛋”了。巧蛋是孵小鸡孵不出来的蛋。不知什么道理，有些小鸡长不全，多半是长了一个头，下面还是一个蛋。有的甚至翅膀也有了，只是出不了壳。鸡出不了壳，是鸡生得笨，所以这种蛋也称“拙蛋”，说是小孩子吃不得，吃了书念不好。反过来改成“巧蛋”，似乎就可通融，念书的孩子也马马虎虎准许吃了。这东西很多人是不吃的。因为看上去使人身上发麻，想一想也怪不舒服，总之吃这种东西很不高雅。很惭愧，我是吃过的，而且只好老实说，味道很不错。吃都吃过了，赖也赖不掉，想高雅也来不及了。——吃巧蛋的时候，看不见余老五了。清明前后，正是炕鸡子的时候；接着又得炕小鸭，四月。

蛋先得挑一挑。那是蛋行里人的责任。鸡鸭也有“种口”。哪一路的鸡容易养，哪一路的长得高大，哪一路的下蛋多，蛋行里的人都知道。生蛋收来之后，分别放置，并不混杂。分好后，剔一道，薄壳，过小，散黄，乱带，日久，全不要。——“乱带”是系着蛋黄的那道韧带断了，蛋黄偏坠到一边，不在正中悬着了。

再就是炕房师傅的事了。一间不透光的暗屋子，一扇门上开一个小洞，把蛋放在洞口，一眼闭，一眼睁，反复映看，谓之“照蛋”。第一次叫“头照”。头照是照“珠子”，照蛋黄中的胚珠，看是否受过精，用他们的说法，是“有”过公鸡或公鸭没有。没有“有”过的，是寡蛋，出不了小鸡小鸭。照完了，这就“下炕”了。下炕后三四天，取出来再照，名为“二照”。二照照珠子“发饱”没有。头照很简单，谁都作得来。不用在门洞上，用手轻握如筒，把蛋放在底下，迎着亮光，转来转去，就看得出蛋黄里有没有晕晕的一个圆影子。二照要点功夫，胚珠是否隆起了一点，常常不易断定。珠子不饱的，要剔下来。二照剔下的蛋，可以照常拿到市上去卖，看不出是炕过的。二照之后，三照四照，隔几天一次。三四照后，蛋就变了。到知道炕里的蛋都在正常发育，就不再动它，静待出炕“上床”。

下了炕之后，不让人随便去看。下炕那天照例是猪头三牲，大香大烛，燃鞭放炮，磕头敬拜祖师菩萨，仪式十分庄严隆重。因为炕房一年就做一季生意，赚钱蚀本，就看这几天。因为父亲和余老五很熟，我随着他去看过。所谓“炕”，是一口一口缸，里头糊着泥和草，下面点着稻草和谷糠，不断用火烘着。火是微火，要保持一定的温度。太热了一炕蛋全熟了，太小了温度透不进蛋里去。什么时候加一点草、糠，什么时候撤掉一点，这是余老五的职分。那两天他整天不离一步。许多事情不用他自己动手。他只要不时看一看，吩咐两句，有下手徒弟照办。余老五这两天可显得重要极了，尊贵极了，也谨慎极了，还温柔极了。他话很少，说话声音也是轻轻的。他的神情很奇怪，总像在谛听着什么似的，怕自己轻轻咳嗽也会惊散这点声音似的。他聚精会神，身体各部全在一种沉湎，一种兴奋，一种极度的敏感之中。熟悉炕房情况的人，都说这行饭不容易吃。一炕下来，人要瘦一圈，像生了一场大病。吃饭睡觉都不能马虎一刻，前前后后半个多月！他也很少真正睡觉。总是躺在屋角一张小床上抽烟，或者闭目假寐，不时就着壶嘴喝一口茶，哑哑地说一句话。一样借以量度的器械都没有，就凭他这个人，一个精细准确而又复杂多方的“表”，不以形求，全以神遇，用他的感觉判断一切。炕房里暗暗的，暖洋洋的，潮濡濡的，笼罩着一种暖昧、缠绵的含情怀春似的异样感觉。余老五身上也有着一种“母性”。（母性！）他体验着一个一个生命正在完成。

蛋炕好了，放在一张一张木架上，那就是“床”。床上垫着棉花。放上去，不多久，就“出”了：小鸡一个一个啄破蛋壳，啾啾叫起来。这些小鸡似乎非常急于用自己的声宣告也证实自己已经活了。啾啾啾啾，叫成一片，热闹极了。听到这声音，老板心里就开了花。而余老五的眼皮一麻搭，已经沉沉睡去了。小鸡子在街上卖的时候，正是余老五呼呼大睡的时候。他得接连睡几天。——鸭子比较简单，连床也不用上；难的是鸡。

小鸡跟真正的春天一起来，气候也暖和了，花也开了。而小鸭子接着就带来了夏天。画“春江水暖鸭先知”的，往往画出黄毛小鸭。这是很自然的，然而季节上不大对。桃花开的时候小鸭还没有出来。小鸡小鸭都放在浅扁的竹笼里卖。一路走，一路啾啾地叫，好玩极了。小鸡小鸭都很可爱。小鸡娇弱伶仃，小鸭傻气而固执。看它们在竹笼里挨挨挤挤，窜窜跳跳，令人感到生命的欢悦。捉在手里，那点轻微的挣扎搔挠，使人心中怦怦然，胸口痒痒的。

余大房何以生意最好？因为有一个余老五。余老五是这行的状元。余老五何以是状元？他炕出来的鸡跟别家的摆在一起，来买的人一定买余老五炕出的鸡，他的鸡特别大。刚刚出炕的小鸡照理是一般大小，上戥子称，分量差不多，但是看上去，他的小鸡要大一圈！那就好看多了，当然有人买。怎么能大一圈呢？他让小鸡的绒毛都出足了。鸡蛋下了炕，几十个时辰。可以出炕了，别的师傅都不敢等到最后的限度，生怕火功水气错一点，一炕蛋整个的废了，还是稳一点。想等，没那个胆量。余老五总要多等一个半个时辰。这一个半个时辰是最吃紧的时候，半个多月的工夫就要在这一会见分晓。余老五也疲倦到了极点，然而他比平常更警醒，更敏锐。他完全变了一个人。眼睛塌陷了，连颜色都变了，眼睛的光彩近乎疯狂。脾气也大了，动不动就恼怒，简直碰他不得，专断极了，顽固极了。很奇怪，他这时倒不走近火炕一步，只是半倚半靠在小床上抽烟，一句话也不说。木床、棉絮，一切都准备好了。小徒弟不放心，轻轻来问一句："起了吧？"摇摇头。——"起了吧？"还是摇摇头，只管抽他的烟。这一会正是小鸡放绒毛的时候。这是神圣的一刻。忽而作然而起："起！"徒弟们赶紧一窝蜂似的取出来，简直是才放上床，小鸡就啾啾啾啾纷纷出来了。余老五自掌炕以来，从未误过一回事，同行中无不赞叹佩服。道理是谁也知道的，可是别人得不到他那种坚定不移的信心。这是才分，是学问，强求不来。

余老五炕小鸭亦类此出色。至于照蛋、煨火，是尤其余事了。

因此他才配提了紫砂茶壶到处闲聊，除了掌炕，一事不管。人说不是他吃老板，是老板吃着他。没有余老五，余大房就不成其为余大房了。没有余大房，余老五仍是一个余老五。什么时候，他前脚跨出那个大门，后脚就有人替他把那把紫砂壶接过去。每一家炕房随时都在等着他。每年都有人来跟他谈的，他都用种种方法回绝了。后来实在麻烦不过，他就半开玩笑似的说："对不起，老板连坟地都给我看好了！"

父亲说，后来余大房当真在泰山庙后，离炕房不远处，给他找了一块坟地。附近有一片短松林，我们小时常上那里放风筝。蚕豆花开得闹嚷嚷的，斑鸠在叫。

余老五高高大大，方肩膀，方下巴，到处方。陆长庚瘦瘦小小，小头，小脸。八字眉。小小的眼睛，不停地眨动。嘴唇秀小微薄而柔软。他是一个农民，举止言词都像一个农民，安分，卑屈。他的眼睛比一般农民要少一点惊惶，但带着更深的绝望。他不像余老五那样有酒有饭，有寄托，有保障。他是个倒霉人。他的脸小，可是脸上的纹路比余老五杂乱，写出更多的人性。他有太多没有说出来的俏皮笑话，太多没有浪费的风情，他没有爱抚，没有安慰，没有吐气扬眉，没有……他是个很聪明的人。乡下的活计没有哪一件难得倒他。许多活计，他看一看就会，想一想就明白。他是窑庄一带的能人，是这一带茶坊酒肆、豆棚瓜架的一个点缀，一个谈话的题目。可是他的运气不好，干什么都不成功。日子越过越穷，他也就变得自暴自弃，变得懒散了。他好喝酒，好赌钱，像一个不得意的才子一样，潦倒了。我父亲知道他的本事，完全是偶然；他表演了那么一回，也是偶然！

母亲故世之后，父亲觉得很寂寞无聊。母亲葬在窑庄。窑庄有我们的一块地。这块地一直没有收成，沙性很重，种稻种麦，都不相宜，只能种一点豆子，长草。北乡这种瘦地很多，叫作“草田”。父亲想把它开辟成一个小小农场，试种果树、棉花。把庄房收回来，略事装修，他平日就住在那边，逢年过节才回家。我那时才六岁，由一个老奶妈带着，在舅舅家住。有时老奶妈送我到窑庄来住几天。我很少下乡，很喜欢到窑庄来。

我又来了！父亲正在接枝。用来削切枝条的，正是这把拾掇鸭肫的角柄小刀。这把刀用了这么多年了，还是刀刃若新发于硎。正在这时，一个长工跑来了：

“三爷，鸭都丢了！”

佃户和长工一向都叫我父亲为“三爷”。

“怎么都丢了？”

这一带多河沟港汊，出细鱼细虾，是个适于养鸭的地方。有好几家养过鸭。这块地上的老佃户叫倪二，父亲原说留他。他不干，他不相信从来没有结过一个棉桃的地方会长出棉花。他要退租。退租怎么维生？他要养鸭。从来没有养过鸭，这怎么行？他说他帮过人，懂得一点。没有本钱，没有本钱想跟三爷借。父亲觉得让他种了多年草田，应该借给他钱。不过很替他担心。父亲也托他买了一百只小鸭，由他代养。事发生后，他居然把一趟鸭养得不坏。棉花也长出来了。

“倪二，你不相信我种得出棉花，我也不相信你养得好鸭子。现在地里一朵一朵白的，那是什么？”

“是棉花。河里一只一只肥的，是——鸭子！”

每天早晚，站在庄头，在沉沉雾霭，淡淡金光中，可以看到他喳喳吒吒赶着一大群鸭子经过荡口，父亲常常要摇头：

“还是不成，不‘像’！这些鸭跟他还不熟。照说，都就要卖了，那根赶鸭用的篙子就不大动了，可你看他那忙乎劲儿！”

倪二没有听见父亲说什么，但是远远地看到（或感觉到）父亲在摇头，他不服，他舞着竹篙，说：“三爷，您看！”

他的意思是说：就要到八月中秋了，这群鸭子就可以赶到南京或镇江的鸭市上变钱。今年鸡鸭好行市。到那时三爷才佩服倪二，知道倪二为什么要改行养鸭！

放鸭是很苦的事。问放鸭人，顶苦的是什么？“冷清”。放鸭和种地不一样。种地不是一个人，撒种、车水，薅草、打场，有歌声，有锣鼓，呼吸着人的气息。养鸭是一种游离，一种放逐，一种流浪。一大清早，天才露白，撑一个浅扁小船，仅容一人，叫作“鸭撇子”，手里一根竹篙，篙头系着一把稻草或破蒲扇，就离开村庄，到茫茫的水里去了。一去一天，到天擦黑了，才回来。下雨天穿蓑衣，太阳大戴个笠子，天凉了多带一件衣服。“连一个说话的人都没有。”远远地，偶尔可以听到远远地一两声人声，可是眼前只是一群扁毛畜生。有人爱跟牛、羊、猪说话。牛羊也懂人话。要跟鸭子谈谈心可是很困难。这些东西只会呱呱地叫，不停地用它的扁嘴呷喋呷喋地吃。

可是，鸭子肥了，倪二喜欢。

前两天倪二说，要把鸭子赶去卖了。他算了算，刨去行佣、卡钱，连底三倍利。就要赶，问父亲那一百只鸭怎么说，是不是一起卖。今天早上，父亲想起留三十只送人，叫一个长工到荡里去告诉倪二。

"鸭都丢了！"

倪二说要去卖鸭，父亲问他要不要请一个赶过鸭的行家帮一帮，怕他一个人应付不了。运鸭，不像运鸡。鸡是装了笼的。运鸭，还是一只小船，船上装着一大卷鸭圈，干粮，简单的行李，人在船，鸭在水，一路迤迤逦逦地走。鸭子路上要吃活食，小鱼小虾，运到了，才不落膘掉斤两，精神好看。指挥鸭阵，划撑小船，全凭一根篙子。一程十天半月。经过长江大浪，也只是一根竹篙。晚上，找一个沙洲歇一歇。这赶鸭是个险事，不是外行冒充得来的。

"不要！"

他怕父亲再建议他请人帮忙，留下三十只鸭，偷偷地一早把鸭赶过荡，准备过白莲湖，沿澧河，过江。

长工一到荡口，问人：

"倪二呢？"

"倪二在白莲湖里。你赶快去看看。叫三爷也去看着。一趟鸭子全散了！"

"散了"，就是鸭子不服从指挥，各自为政，四散逃窜，钻进芦丛里去了，而且再也不出来。这种事过去也发生过。

白莲湖是一口不大的湖，离窑庄不远。出菱，出藕，藕肥白少渣。二五八集期，父亲也带我去过。湖边港汊甚多，密密地长着芦苇。新芦苇很高了，黑森森的。莲蓬已经采过了，荷叶的颜色也发黑了。人过时常有翠鸟冲出，翠绿的一闪，快如疾箭。

小船浮在岸边，竹篙横在船上。倪二呢？坐在一家晒谷场的石辘轴上，手里的瓦块毡帽攥成了一团，额头上破了一块皮。几个人围着他。

他好像老了十年。他疲倦了。一清早到现在，现在已经是下午了，他跟鸭子奋斗了半日。他一定还没有吃过饭。他的饭在一个布口袋里，——一袋老锅巴。他木然地坐着，一动不动。不时把脑袋抖一抖，倒像受了震动。——他的脖子里有好多道深沟，一方格，一方格的。颜色真红，好像烧焦了似的。老那么坐着，脚恐怕要麻了。他的脚显出一股傻相。

父亲叫他：

“倪二。”

他像个孩子似的哭起来。

怎么办呢？

围着的人说：

“去找陆长庚，他有法子。”

“哎，除非陆长庚。”

“只有老陆，陆鸭。”

陆长庚在哪里？

“多半在桥头茶馆。”

桥头有个茶馆，是为鲜货行客人、蛋行客人、陆陈行客人谈生意而设的。区里、县里来了什么大人物，也请在这里歇脚。卖清茶，也代卖纸烟、针线、香烛纸祃、鸡蛋糕、芝麻饼、七厘散、紫金锭、菜种、草鞋、写契的契纸、小绿颖毛笔、金不换黑墨、何通记纸牌……总而言之，日用所需，应有尽有。这茶馆照例又是闲散无事人聚赌耍钱的地方。茶馆里备有一副麻将牌（这副麻将牌丢了一张红中，是后配的），一副牌九。推牌九时下旁注的比坐下拿牌的多，站在后面呼幺喝六，呐喊助威。船从桥头过，远远地就看到一堆兴奋忘形的人头人手。船过去，还听得吼叫：“七七八八——不要九！”——“天地遇虎头，越大越封侯！”常在后面斜着头看人赌钱的，有人指给我们看过，就是陆长庚，这一带放鸭的第一把手，诨号陆鸭，说他跟鸭子能通话，他自己就是一只成了精的老鸭。——瘦瘦小小，神情总是在发愁。他已经多年不养鸭了，现在见到鸭就怕。

“不要你多，十五块洋钱。”

赌钱的人听到这个数目都捏着牌回过头来：十五块！十五块在从前很是一个数目了。他们看看倪二，又看看陆长庚。这时牌九桌上最大的赌注是一吊钱三三四，天之九吃三道。

说了半天，讲定了，十块钱。他不慌不忙，看一家地杠通吃，红了一庄，方去。

“把鸭圈拿好。倪二，赶鸭子进圈，你会的？我把鸭子吆上来，你就赶。鸭子在水里好弄，上了岸，七零八落的不好捉。”

这十块钱赚得太不费力了！拈起那根篙子（还是那根篙，他拈在手里就是样儿），把船撑到湖心，人仆在船上，把篙子平着，在水上扑打了一气，嘴里啧啧啧咕咕咕不知道叫点什么，赫！——都来了！鸭子四面八方，从芦苇缝里，好像来争抢什么东西似的，拼命地拍着翅膀，挺着脖子，一起奔向他那里小船的四围来。本来平静寥阔的湖面，骤然热闹起来，一湖都是鸭子。不知道为什么，高兴极了，喜欢极了，放开喉咙大叫：“呱呱呱呱……”不停地把头没进水里，爪子伸出水面乱划，翻来翻去，像一个一个小疯子。岸上人看到这情形都忍不住大笑起来。倪二也抹着鼻涕笑了。看看差不多到齐了，篙子一抬，嘴里曼声唱着，鸭子马上又安静了，文文雅雅，摆摆摇摇，向岸边游来，舒闲整齐有致。兵法：用兵第一贵“和”。这个“和”字用来形容这些鸭子，真是再恰当不过了。他唱的不知是什么，仿佛鸭子都爱听，听得很入神，真怪！

这个人真是有点魔法。

“一共多少只？”

“三百多。”

“三百多少？”

“三百四十二。”

他拣一个高处，四面一望。

“你数数。大概不差了。——嗨！你这里头怎么来了一只老鸭？”

“没有，都是当年的。”

“是哪家养的老鸭教你裹来了！”

倪二分辩。分辩也没用。他一伸手捞住了。

“它屁股一撅，就知道。新鸭子拉稀屎，过了一年的，才硬。鸭肠子搭头的那儿有一个小箍道，老鸭子就长老了。你看看！裹了人家的老鸭还不知道，就知道多了一只！”

倪二只好笑。

“我不要你多，只要两只。送不送由你。”

怎么小气，也没法不送他。他已经到鸭圈子提了两只，一手一只，拎了一拎。

“多重？”

他问人。

“你说多重？”

人问他。

“六斤四，——这一只，多一两，六斤五。这一趟里顶肥的两只。”

“不相信。一两之差也分得出，就凭手拎一拎？”

“不相信？不相信拿秤来称。称得不对，两只鸭算你的；对了，今天晚上上你家喝酒。”

到茶馆里借了秤来，称出来，一点都不错。

“拎都不用拎，凭眼睛，说得出这一趟鸭一个一个多重。不过先得大叫一声。鸭身上有毛，毛蓬松着看不出来，得惊它一惊。一惊，鸭毛就紧了，贴在身上了，这就看得哪只肥，哪只瘦。晚上喝酒了，茶馆里会。不让你费事，鸭杀好。”

他刀也不用，一指头往鸭子三岔骨处一捣，两只鸭挣扎都不挣扎，就死了。

“杀的鸭子不好吃。鸭子要吃呛血的，肉才不老。”

什么事都轻描淡写，毫不装腔作势。说话自然也流露出得意，可是得意中又还有一种对于自己的嘲讽。这是一点本事。可是人最好没有这点本事。他正因为有这些本事，才种种不如别人。他放过多年鸭，到头来连本钱都蚀光了。鸭瘟。鸭子瘟起来不得了。只要看见一只鸭摇头，就完了。这不像鸡。鸡瘟还有救，灌一点胡椒、香油，能保住几只。鸭，一个摇头，个个摇头，不大一会，都不动了。好几次，一趟鸭子放到荡里，回来时就剩自己一个人了。看着死，毫无办法。他发誓，从此不再养鸭。

“倪老二，你不要肉疼，十块钱不白要你的，我给你送到。今天晚了，你把鸭圈起来过一夜。明天一早我来。三爷，十块钱赶一趟鸭，不算顶贵噢？”

他知道这十块钱将由谁来出。

当然，第二天大早来时他仍是一个陆长庚：一夜“七戳五在手”，输得光光的。

“没有！还剩一块！”

这两个老人怎么会到这个地方来呢？他们的光景过得怎么样了呢？

一九四七年初，写于上海

黄油烙饼

萧胜跟着爸爸到口外去。

萧胜满七岁，进八岁了。他这些年一直跟着奶奶过。他爸的工作一直不固定。一会儿修水库啦，一会儿大炼钢铁啦。他妈也是调来调去。奶奶一个人在家乡，说是冷清得很。他三岁那年，就被送回老家来了。他在家乡吃了好些萝卜白菜，小米面饼子，玉米面饼子，长高了。

奶奶不怎么管他。奶奶有事。她老是找出一些零碎料子给他接衣裳，接褂子，接裤子，接棉袄，接棉裤。他的衣服都是接成一道一道的，一道青，一道蓝。倒是挺干净的。奶奶还给他做鞋。自己打袼褙，剪样子，纳底子，自己绱。奶奶老是说："你的脚上有牙，有嘴？""你的脚是铁打的！"再就是给他做吃的。小米面饼子，玉米面饼子，萝卜白菜——炒鸡蛋，熬小鱼。他整天在外面玩。奶奶把饭做得了，就在门口嚷："胜儿！回来吃饭咧——！"

后来办了食堂。奶奶把家里的两口锅交上去，从食堂里打饭回来吃。真不赖！白面馒头，大烙饼，卤虾酱炒豆腐，焖茄子，猪头肉！食堂的大师傅穿着白衣服，戴着白帽子，在蒸笼的白蒙蒙的热气中晃来晃去，拿铲子敲着锅边，还大声嚷叫。人也胖了，猪也肥了。真不赖！

后来就不行了。还是小米面饼子，玉米面饼子。

后来小米面饼子里有糠，玉米面饼子里有玉米核磨出的碴子，拉嗓子。人也瘦了，猪也瘦了。往年，撵个猪可费劲哪。今年，一伸手就把猪后腿攥住了。挺大一个克郎，一挤它，咕咚就倒了。掺假的饼子不好吃，可是萧胜还是吃得挺香。他饿。

奶奶吃得不香。她从食堂打回饭来，掰半块饼子，嚼半天。其余的，都归了萧胜。

奶奶的身体原来就不好。她有个气喘的病。每年冬天都犯。白天还好，晚上难熬。萧胜躺在炕上，听奶奶喝喽喝喽地喘。睡醒了，还听她喝喽喝喽。他想，奶奶喝喽了一夜。可是奶奶还是喝喽着起来了，喝喽着给他到食堂去打早饭，打掺了假的小米饼子，玉米饼子。

爸爸去年冬天回来看过奶奶。他每年回来，都是冬天。爸爸带回来半麻袋土豆，一串口蘑，还有两瓶黄油。爸爸说，土豆是他分的；口蘑是他自己采，自己晾的；黄油是“走后门”搞来的。爸爸说，黄油是牛奶炼的，很“营养”，叫奶奶抹饼子吃。土豆，奶奶借锅来蒸了，煮了，放在灶火里烤了，给萧胜吃了。口蘑过年时打了一次卤。黄油，奶奶叫爸爸拿回去：“你们吃吧。这么贵重的东西！”爸爸一定要给奶奶留下。奶奶把黄油留下了，可是一直没有吃。奶奶把两瓶黄油放在躺柜上，时不时地拿抹布擦擦。黄油是个啥东西？牛奶炼的？隔着玻璃，看得见它的颜色是嫩黄嫩黄的。去年小三家生了小四，他看见小三他妈给小四用松花粉扑痱子。黄油的颜色就像松花粉。油汪汪的，很好看。奶奶说，这是能吃的。萧胜不想吃。他没有吃过，不馋。

奶奶的身体越来越不好。她从前从食堂打回饼子，能一气走到家。现在不行了，走到歪脖柳树那儿就得歇一会。奶奶跟上了年纪的爷爷、奶奶们说："只怕是过得了冬，过不得春呀。"萧胜知道这不是好话。这是一句骂牲口的话。"嗳！看你这乏样儿！过得了冬过不得春！"果然，春天不好过。村里的老头老太太接二连三地死了。镇上有个木业生产合作社，原来打家具、修犁耙，都停了，改了打棺材。村外添了好些新坟，好些白幡。奶奶不行了，她浑身都肿。用手指按一按，老大一个坑，半天不起来。她求人写信叫儿子回来。

爸爸赶回来，奶奶已经咽了气了。

爸爸求木业社把奶奶屋里的躺柜改成一口棺材，把奶奶埋了。晚上，坐在奶奶的炕上流了一夜眼泪。

萧胜一生第一次经验什么是"死"。他知道"死"就是"没有"了。他没有奶奶了。他躺在枕头上，枕头上还有奶奶的头发的气味。他哭了。

奶奶给他做了两双鞋。做得了，说："来试试！"——"等会儿！"吱溜，他跑了。萧胜醒来，光着脚把两双鞋都试了试。一双正合脚，一双大一些。他的赤脚接触了搪底布，感觉到奶奶纳的底线，他叫了一声"奶奶！"又哭了一气。

爸爸拜望了村里的长辈，把家里的东西收拾收拾，把一些能应用的锅碗瓢盆都装在一个大网篮里。把奶奶给萧胜做的两双鞋也装在网篮里。把两瓶动都没有动过的黄油也装在网篮里。锁了门，就带着萧胜上路了。

萧胜跟爸爸不熟。他跟奶奶过惯了。他起先不说话。他想家，想奶奶，想那棵歪脖柳树，想小三家的一对大白鹅，想蜻蜓，想蝈蝈，想挂大扁飞起来格格地响，露出绿色硬翅膀底下的桃红色的翅膜……后来跟爸爸熟了。他是爸爸呀！他们坐了汽车，坐火车，后来又坐汽车。爸爸很好。爸爸老是引他说话，告诉他许多口外的事。他的话越来越多，问这问那。他对“口外”产生了很浓厚的兴趣。

他问爸爸啥叫“口外”。爸爸说“口外”就是张家口以外，又叫“坝上”。“为啥叫坝上？”他以为“坝”是一个水坝。爸爸说到了就知道了。

敢情“坝”是一溜大山。山顶齐齐的，倒像个坝。可是真大！汽车一个劲地往上爬。汽车爬得很累，好像气都喘不过来，不停地哼哼。上了大山，嘿，一片大平地！真是平呀！又平又大。像是擀过的一样。怎么可以这样平呢！汽车一上坝，就撒开欢了。它不哼哼了，“刷——”一直往前开。一上了坝，气候忽然变了。坝下是夏天，一上坝就像秋天。忽然，就凉了。坝上坝下，刀切的一样。真平呀！远远有几个小山包，圆圆的。一棵树也没有。他的家乡有很多树。榆树，柳树，槐树。这是个什么地方！不长一棵树！就是一大片大平地，碧绿的，长满了草。有地。这地块真大。从这个小山包一匹布似的一直扯到了那个小山包。地块究竟有多大？爸爸告诉他：有一个农民牵了一头母牛去犁地，犁了一趟，回来时候母牛带回来一个新下的小牛犊，已经三岁了！

汽车到了一个叫沽源的县城，这是他们的最后一站。一辆牛车来接他们。这车的样子真可笑，车轱辘是两个木头饼子，还不怎么圆，骨鲁鲁，骨鲁鲁，往前滚。他仰面躺在牛车上，上面是一个很大的蓝天。牛车真慢，还没有他走得快。他有时下来掐两朵野花，走一截，又爬上车。

这地方的庄稼跟口里也不一样。没有高粱，也没有老玉米，种莜麦，胡麻。莜麦干净得很，好像用水洗过，梳过。胡麻打着把小蓝伞，秀秀气气，不像是庄稼，倒像是种着看的花。

喝，这一大片马兰！马兰他们家乡也有，可没有这里的高大。长齐大人的腰那么高，开着巴掌大的蓝蝴蝶一样的花。一眼望不到边。这一大片马兰！他这辈子也忘不了。他像是在一个梦里。

牛车走着走着。爸爸说：到了！他坐起来一看，一大片马铃薯，都开着花，粉的、浅紫蓝的、白的，一眼望不到边，像是下了一场大雪。花雪随风摇摆着，他有点晕。不远有一排房子，土墙、玻璃窗。这就是爸爸工作的“马铃薯研究站”。土豆——山药蛋——马铃薯。马铃薯是学名，爸说的。

从房子里跑出来一个人。“妈妈——！”他一眼就认出来了！妈妈跑上来，把他一把抱了起来。

萧胜就要住在这里了，跟他的爸爸、妈妈住在一起了。

奶奶要是一起来，多好。

萧胜的爸爸是学农业的，这几年老是干别的。奶奶问他：“为什么总是把你调来调去的？”爸说：“我好欺负。”马铃薯研究站别人都不愿来，嫌远。爸愿意。妈是学画画的，前几年老画两个娃娃拉不动的大萝卜啦，上面张个帆可以当作小船的豆荚啦。她也愿意跟爸爸一起来，画“马铃薯图谱”。

妈给他们端来饭。真正的玉米面饼子，两大碗粥。妈说这粥是草籽熬的。有点像小米，比小米小。绿盈盈的，挺稠，挺香。还有一大盘鲫鱼，好大。爸说别处的鲫鱼很少有过一斤的，这儿“淖”里的鲫鱼有一斤二两的，鲫鱼吃草籽，长得肥。草籽熟了，风把草籽刮到淖里，鱼就吃草籽。萧胜吃得很饱。

爸说把萧胜接来有三个原因。一是奶奶死了，老家没有人了。二是萧胜该上学了，暑假后就到不远的一个完小去报名。三是这里吃得好一些。口外地广人稀，总好办一些。这里的自留地一个人有五亩！随便刨一块地就能种点东西。爸爸和妈妈就在“研究站”旁边开了一块地，种了山药，南瓜。山药开花了，南瓜长了骨朵了。用不了多久，就能吃了。

马铃薯研究站很清静，一共没有几个人。就是爸爸、妈妈，还有几个工人。工人都有家。站里就是萧胜一家。这地方，真安静。成天听不到声音，除了风吹莜麦穗子，沙沙地像下小雨；有时有小燕吱喳地叫。

爸爸每天戴个草帽下地跟工人一起去干活，锄山药。有时查资料，看书。妈一早起来到地里掐一大把山药花，一大把叶子，回来插在瓶子里，聚精会神地对着它看，一笔一笔地画。画的花和真的花一样！萧胜每天跟妈一同下地去，回来鞋和裤脚沾得都是露水。奶奶做的两双新鞋还没有上脚，妈把鞋和两瓶黄油都锁在柜子里。

白天没有事，他就到处去玩，去瞎跑。这地方大得很，没遮没挡。跑多远，一回头还能看到研究站的那排房子，迷不了路。他到草地里去看牛、看马、看羊。

他有时也去莳弄莳弄他家的南瓜、山药地。锄一锄，从机井里打半桶水浇浇。这不是为了玩。萧胜是等着要吃它们。他们家不起火，在大队食堂打饭，食堂里的饭越来越不好。草籽粥没有了，玉米面饼子也没有了。现在吃红高粱饼子，喝甜菜叶子做的汤。再下去大概还要坏。萧胜有点饿怕了。

他学会了采蘑菇。起先是妈妈带着他采了两回，后来，他自己也会了。下了雨，太阳一晒，空气潮乎乎的，闷闷的，蘑菇就出来了。蘑菇这玩意很怪，都长在“蘑菇圈”里。你低下头，侧着眼睛一看，草地上远远的有一圈草，颜色特别深，黑绿黑绿的，隐隐约约看到几个白点，那就是蘑菇圈。的溜圆。蘑菇就长在这一圈深颜色的草里。圈里面没有，圈外面也没有。蘑菇圈是固定的。今年长，明年还长。哪里有蘑菇圈，老乡们都知道。

有一个蘑菇圈发了疯。它不停地长蘑菇，呼呼地长，三天三夜一个劲地长，好像是有鬼，看着都怕人。附近七八家都来采，用线穿起来，挂在房檐底下。家家都挂了三四串，挺老长的三四串。老乡们说，这个圈明年就不会再长蘑菇了，它死了。萧胜也采了好些。他兴奋极了，心里直跳。“好家伙！好家伙！这么多！这么多！”他发了财了。

他为什么这样兴奋？蘑菇是可以吃的呀！

他一边用线穿蘑菇，一边流出了眼泪。他想起奶奶，他要给奶奶送两串蘑菇去。他现在知道，奶奶是饿死的。人不是一下饿死的，是慢慢地饿死的。

食堂的红高粱饼子越来越不好吃，因为掺了糠。甜菜叶子汤也越来越不好喝，因为一点油也不放了。他恨这种掺糠的红高粱饼子，恨这种不放油的甜菜叶子汤！

他还是到处去玩，去瞎跑。

大队食堂外面忽然热闹起来。起先是拉了一牛车的羊砖来。他问爸爸这是什么，爸爸说："羊砖。"——"羊砖是啥？"——"羊粪压紧了，切成一块一块。"——"干啥用？"——"烧。"——"这能烧吗？"——"好烧着呢！火顶旺。"后来盘了个大灶。后来杀了十来只羊。萧胜就站在旁边看杀羊。他还没有见过杀羊。嘿，一点血都流不到外面，完完整整就把一张羊皮剥下来了！

这是要干啥呢？

爸爸说，要开三级干部会。

"啥叫三级干部会？"

"等你长大了就知道了！"

三级干部会就是三级干部吃饭。

大队原来有两个食堂，南食堂，北食堂，当中隔一个院子，院子里还搭了个小棚，下雨天也可以两个食堂来回串。原来"社员"们分在两个食堂吃饭。开三级干部会，就都挤到北食堂来。南食堂空出来给开会干部用。

三级干部会开了三天，吃了三天饭。头一天中午，羊肉口磨臊子蘸莜面。第二天炖肉大米饭。第三天，黄油烙饼。晚饭倒是马马虎虎的。

"社员"和"干部"同时开饭。社员在北食堂，干部在南食堂。北食堂还是红高粱饼子，甜菜叶子汤。北食堂的人闻到南食堂里飘过来的香味，就说："羊肉口蘑臊子蘸莜面，好香好香！""炖肉大米饭，好香好香！""黄油烙饼，好香好香！"

萧胜每天去打饭，也闻到南食堂的香味。羊肉、米饭，他倒不稀

生離欤死別欤
子愷畫

罕；他见过，也吃过。黄油烙饼他连闻都没闻过。是香，闻着这种香味，真想吃一口。

回家，吃着红高粱饼子，他问爸爸："他们为什么吃黄油烙饼？"

"他们开会。"

"开会干嘛吃黄油烙饼？"

"他们是干部。"

"干部为啥吃黄油烙饼？"

"哎呀！你问得太多了！吃你的红高粱饼子吧！"

正在咽着红饼子的萧胜的妈忽然站起来，把缸里的一点白面倒出来，又从柜子里取出一瓶奶奶没有动过的黄油，启开瓶盖，挖了一大块，抓了一把白糖，兑点起子，擀了两张黄油发面饼。抓了一把莜麦秸塞进灶火，烙熟了。黄油烙饼发出香味，和南食堂里的一样。妈把黄油烙饼放在萧胜面前，说：

"吃吧，儿子，别问了。"

萧胜吃了两口，真好吃。他忽然咧开嘴痛哭起来，高叫了一声："奶奶！"

妈妈的眼睛里都是泪。

爸爸说："别哭了，吃吧。"

萧胜一边流着一串一串的眼泪，一边吃黄油烙饼。他的眼泪流进了嘴里。黄油烙饼是甜的，眼泪是咸的。

草木春秋

草很整齐，叶细长，好像梳过一样，风吹过，起伏摇摆如碧浪。

草木虫鱼鸟兽

雁

“爬山调”：“大雁南飞头朝西……”

诗人韩燕如告诉我，他曾经用心观察过，确实是这样。他惊叹草原人民对生活的观察的准确而细致。他说：“生活！生活！……”

为什么大雁南飞要头朝着西呢？草原上的人说这是依恋故土。“爬山调”是用这样的意思作比喻和起兴的。

“大雁南飞头朝西……”

河北民歌：“八月十五雁门开，孤雁头上带霜来……”“孤雁头上带霜来”，这写得多美呀！

琥珀

我在祖母的首饰盒子里找到一个琥珀扇坠。一滴琥珀里有一只小黄蜂。琥珀是透明的，从外面可以清清楚楚地看到黄蜂。触须、翅膀、腿脚，清清楚楚，形态如生，好像它还活着。祖母说，黄蜂正在乱动，一滴松脂滴下来，恰巧把它裹住。松脂埋在地下好多年，就成了琥珀。祖母告诉我，这样的琥珀并非罕见，值不了多少钱。

后来我在一个宾馆的小卖部看到好些人造琥珀的首饰。各种形状的都有，都琢治得很规整，里面也都压着一个昆虫。有一个项链上的淡黄色的琥珀片里竟压着一只蜻蜓。这些昆虫都很完整，不缺腿脚，不缺翅膀，但都是僵直的，缺少生气。显然这些昆虫是弄死了以后，被精心地，端端正正地压在里面的。

我不喜欢这种里面压着昆虫的人造琥珀。

我的祖母的那个琥珀扇坠之所以美，是因为它是偶然形成的。

美，多少要包含一点偶然。

瓢虫

瓢虫有好几种，外形上的区别是鞘翅上有多少黑点。这种黑点，昆虫学家谓之“星”。有七星瓢虫、十四星瓢虫、二十星瓢虫……有的瓢虫是益虫，它吃蚜虫，是蚜虫的天敌；有的瓢虫是害虫，吃马铃薯的嫩芽。

瓢虫的样子是差不多的。

中国画里很早就有画瓢虫的了。通红的一个圆点，在绿叶上，很显眼，使画面增加了生趣。齐白石爱画瓢虫。他用藤黄涂成一个葫芦，上面栖息了一只瓢虫，对比非常鲜明。王雪涛、许麟庐都画过瓢虫。

谁也没有数过画里的瓢虫身上有几个黑点，指出这只瓢虫是害虫还是益虫。

科学和艺术有时是两回事。

瓢虫像一粒用硃漆制成的小玩意儿。

北京的孩子（包括大人）叫瓢虫为“花大姐”，这个名字很美。

螃蟹

螃蟹的样子很怪。

《梦溪笔谈》载：关中人不识螃蟹。有人收得一只干蟹，人家病疟，就借去挂在门上。——中国过去相信生疟疾是由于虐鬼作祟。门上挂了一只螃蟹，疟鬼不知道这是什么玩意儿，就不敢进门了。沈括说：不但人不识，鬼亦不识也。“不但人不识，鬼亦不识也”，这说得很幽默！

在拉萨八角街一家卖藏药的铺子里看到一只小螃蟹，蟹身只有拇指大，金红色的，已经干透了，放在一只盘子里。大概西藏人也相信这只奇形怪状的虫子有某种魔力，是能治病的。

螃蟹为什么要横着走呢？

螃蟹的样子很凶恶，很奇怪，也很滑稽。

凶恶和滑稽往往近似。

豆芽

朱小山去点豆子。地埂上都点了，还剩一把，他懒得带回去，就搬起一块石头，把剩下的豆子都塞到石头下面。过了些日子，朱小山发现：石头离开地面了。豆子发了芽，豆芽把石头顶起来了。朱小山非常惊奇。

朱小山为这件事惊奇了好多年。他跟好些人讲起过这件事。

有人问朱小山："你老说这件事是什么意思？是要说明一种什么哲学吗？"

朱小山说："不，我只是想说说我的惊奇。"

过了好些年，朱小山成了一个知名的学者，他回他的家乡去看看。他想找到那块石头。

他没有找到。

落叶

漠漠春阴柳未青，

冻云欲湿上元灯。

行过玉渊潭畔路，

去年残叶太分明。

汽车开过湖边，

带起一群落叶。

落叶追着汽车，

一直追得很远。

终于没有力气了，

又纷纷地停下了。

“你神气什么？

还的的地叫！”

“甭理它。

咱们讲故事。”

“秋天，

早晨的露水……”

啄木鸟

啄木鸟追逐着雌鸟，

红胸脯发出无声的喊叫，

它们一翅飞出树林，

落在湖边的柳梢。

不知从哪里钻出一个孩子，

一声大叫。

啄木鸟吃了一惊，

它身边已经没有雌鸟。

不一会树林里传出啄木的声音，

它已经忘记了刚才的烦恼。

葡萄月令

一月，下大雪。

雪静静地下着。果园一片白。听不到一点声音。

葡萄睡在铺着白雪的窖里。

二月里刮春风。

立春后，要刮四十八天“摆条风”。风摆动树的枝条，树醒了，忙忙地把汁液送到全身。树枝软了。树绿了。

雪化了，土地是黑的。

黑色的土地里，长出了茵陈蒿。碧绿。

葡萄出窖。

把葡萄窖一锹一锹挖开。挖下的土，堆在四面。葡萄藤露出来了，乌黑的。有的梢头已经绽开了芽苞，吐出指甲大的苍白的小叶。它已经等不及了。

把葡萄藤拉出来，放在松松的湿土上。

不大一会儿，小叶就变了颜色，叶边发红——又不大一会儿，绿了。

三月，葡萄上架。

先得备料。把立柱、横梁、小棍，槐木的、柳木的、杨木的、桦木的，按照树棵大小，分别堆放在旁边。立柱有汤碗口粗的、饭碗口粗的、茶杯口粗的。一棵大葡萄得用八根、十根，乃至十二根立柱。中等的，六根、四根。

先刨坑，竖柱。然后搭横梁，用粗铁丝摽紧。然后搭小棍，用细铁丝缚住。

然后，请葡萄上架。把在土里趴了一冬的老藤扛起来，得费一点劲。大的，得四五个人一起来。“起！——起！”哎，它起来了。把它放在葡萄架上，把枝条向三面伸开，像五个指头一样地伸开，扇面似的伸开。然后，用麻筋在小棍上固定住。葡萄藤舒舒展展、凉凉快快地在上面待着。

上了架，就施肥。在葡萄根的后面，距主干一尺，挖一道半月形的沟，把大粪倒在里面。葡萄上大粪，不用稀释，就这样把原汁大粪倒下去。大棵的，得三四桶。小葡萄，一桶也就够了。

四月，浇水。

挖窖挖出的土，堆在四面，筑成垄，就成一个池子。池里放满了水。葡萄园里水汽泱泱，沁人心肺。

葡萄喝起水来是惊人的。它真是在喝哚！葡萄藤的组织跟别的果树不一样，它里面是一根一根细小的导管。这一点，中国的古人早就发现了。《图经》云：“根苗中空相通。圃人将货之，欲得厚利，暮溉其根，而晨朝水浸子中矣，故俗呼其苗为木通。”“暮溉其根，而晨朝水浸子中矣”，是不对的。葡萄成熟了，就不能再浇水了。再浇，果粒就会涨破。“中空相通”却是很准确的。浇了水，不大一会，它就从根直吸到梢，简直是小孩嘬奶似的拼命往上嘬。浇过了水，你再回来看看吧：梢头切断过的破口，就嗒塔地往下滴水了。

是一种什么力量使葡萄拼命地往上吸水呢？

施了肥，浇了水，葡萄就使劲抽条、长叶子。真快！原来是几根根枯藤，几天工夫，就变成青枝绿叶的一大片。

五月，浇水，喷药，打梢，掐须。

葡萄一年不知道要喝多少水，别的果树都不这样。别的果树都是刨一个“树碗”，往里浇几担水就得了，没有像它这样的：“漫灌”，整池子地喝。

喷波尔多液。从抽条长叶，一直到坐果成熟，不知道要喷多少次。喷了波尔多液，太阳一晒，葡萄叶子就都变成蓝的了。葡萄抽条，丝毫不知节制，它简直是瞎长！几天工夫，就抽出好长的一截的新条。这样长法还行呀，还结不结果呀？因此，过几天就得给它打一次条，葡萄打条，也用不着什么技巧，是个人就能干，拿起树剪，劈劈啦啦，把新抽出来的一截都给它铰了就得了。一铰，一地的长着新叶的条。

葡萄的卷须，在它还是野生的时候是有用的，好攀附在别的什么树木上。现在，已经有人给它好好地固定在架上了，就一点用也没有了。卷须这东西最耗养分，——凡是作物，都是优先把养分输送到顶端，因此，长出来就给它掐了。

葡萄的卷须有一点淡淡的甜味。这东西如果腌成咸菜，大概不难吃。

五月中下旬，果树开花了。果园，美极了。梨树开花了，苹果树开花了，葡萄也开花了。

都说梨花像雪，其实苹果花才像雪。雪是厚重的，不是透明的。梨花像什么呢？——梨花的瓣子是月亮做的。

有人说葡萄不开花，哪能呢？只是葡萄花很小，颜色淡黄微绿，不钻进葡萄架是看不出的。而且它开花期很短。很快，就结出了绿豆大的葡萄粒。

六月，浇水、喷药、打条、掐须。

葡萄粒长了一点了，一颗一颗，像绿玻璃料做的纽子。硬的。

葡萄不招虫。葡萄会生病，所以要经常喷波尔多液。但是它不像桃，桃有桃食心虫；梨，梨有梨食心虫。葡萄不用疏虫果——果园每年疏虫果是要费很多工的。虫果没有用，黑黑的一个半干的球，可是它耗养分呀！所以，要把它“疏”掉。

七月，葡萄“膨大”了。

掐须、打条、喷药，大大地浇一次水。

追一次肥。追硫铵。在原来施粪肥的沟里撒上硫铵。然后，就把沟填平了，把硫铵封在里面。

汉朝是不会追这次肥的。汉朝没有硫铵。

八月，葡萄“著色”。

你别以为我这里是把画家的术语借用来了。不是的。这是果农的语言，他们就叫“著色”。

下过大雨，你来看看葡萄园吧，那叫好看！白的像白玛瑙，红的像红宝石，紫的像紫水晶，黑的像黑玉。一串一串，饱满、瓷棒、挺括，璀璨琳琅。你就把《说文解字》里的玉字偏旁的字都搬了来吧，那也不够用呀！

可是你得快来！明天，对不起，你全看不到了。我们要喷波尔多液了。一喷波尔多液，它们的晶莹鲜艳全都没有了，它们蒙上一层蓝兮兮、白乎乎的东西，成了磨砂玻璃。我们不得不这样干。葡萄是吃的，不是看的。我们得保护它。

过不两天，就下葡萄了。

一串一串剪下来，把病果、瘪果去掉，妥妥地放在果筐里。果筐满了，盖上盖，要一个棒小伙子跳上去蹦两下，用麻筋缝的筐盖。——新下的果子，不怕压，它很结实，压不坏。倒怕是装不紧，逛里逛当的。那，来回一晃悠，全得烂！

葡萄装上车，走了。

去吧，葡萄，让人们吃去吧！

九月的果园像一个生过孩子的少妇，宁静、幸福，而慵懒。

我们还给葡萄喷一次波尔多液。哦，下了果子，就不管了？人，总不能这样无情无义吧。

十月，我们有别的农活。我们要去割稻子。葡萄，你愿意怎么长，就怎么长着吧。

十一月，葡萄下架。

把葡萄架拆下来。检查一下，还能再用的，搁在一边。糟朽了的，只好烧火。立柱、横梁、小棍，分别堆垛起来。

剪葡萄条。干脆得很，除了老条，一概剪光。葡萄又成了一个大秃子。

剪下的葡萄条，挑有三个芽眼的，剪成二尺多长的一截，捆起来，放在屋里，准备明春插条。

其余的，连枝带叶，都用竹笤帚扫成一堆，装走了。

葡萄园光秃秃。

十一月下旬，十二月上旬，葡萄入窖。

这是个重活。把老本放倒，挖土把它埋起来。要埋得很厚实。外面要用铁锹拍平。这个活不能马虎。都要经过验收，才给记工。

葡萄窖，一个一个长方形的土墩墩。一行一行，整整齐齐地排列着。风一吹，土色发了白。

这真是一年的冬景了。热热闹闹的果园，现在什么颜色都没有了。眼界空阔，一览无余，只剩下发白的黄土。

下雪了。我们踏着碎玻璃碴似的雪，检查葡萄窖，扛着铁锹。

一到冬天，要检查几次。不是怕别的，怕老鼠打了洞。葡萄窖里很暖和，老鼠爱往这里面钻。它倒是暖和了，咱们的葡萄可就受了冷啦！

人间草木

山丹丹

我在大青山挖到一棵山丹丹。这棵山丹丹的花真多。招待我们的老堡垒户看了看，说：“这棵山丹丹有十三年了。”

“十三年了？咋知道？”

“山丹丹长一年，多开一朵花。你看，十三朵。”

山丹丹记得自己的岁数。

我本想把这棵山丹丹带回呼和浩特，想了想，找了把铁锹，在老堡垒户的开满了蓝色党参花的土台上刨了个坑，把这棵山丹丹种上了。问老堡垒户：

“能活？”

“能活。这东西，皮实。”

大青山到处是山丹丹，开七朵花、八朵花的，多的是。

山丹丹花开花又落，

一年又一年……

这支流行歌曲的作者未必知道，山丹丹过一年多开一朵花。唱歌的歌星就更不会知道了。

枸杞

枸杞到处都有。枸杞头是春天的野菜。采摘枸杞的嫩头，略焯过，切碎，与香干丁同拌，浇酱油、醋、香油；或入油锅爆炒，皆极清香。夏末秋初，开淡紫色小花，谁也不注意。随即结出小小的红色的卵形浆果，即枸杞子。我的家乡叫作狗奶子。

我在玉渊潭散步，在一个山包下的草丛里看见一对老夫妻弯着腰在找什么。他们一边走，一边搜索。走几步，停一停，弯腰。

“您二位找什么？”

“枸杞子。”

“有吗？”

老同志把手里一个罐头玻璃瓶举起来给我看，已经有半瓶了。

“不少！”

“不少！”

他解嘲似的哈哈笑了几声。

“您慢慢捡着！”

“慢慢捡着！”

看样子这对老夫妻是离休干部，穿得很整齐干净，气色很好。

他们捡枸杞子干什么？是配药？泡酒？看来都不完全是。真要是需要，可以托熟人从宁夏捎一点或寄一点来。——听口音，老同志是西北人，那边肯定会有熟人。

他们捡枸杞子其实只是玩！一边走着，一边捡枸杞子，这比单纯的散步要有意思。这是两个童心未泯的老人，两个老孩子！

人老了，是得学会这样的生活。看来，这二位中年时也是很会生活，会从生活中寻找乐趣的。他们为人一定很好，很厚道。他们还一定不贪权势，甘于淡泊。夫妻间一定不会为柴米油盐、儿女婚嫁而吵嘴。

从钓鱼台到甘家口商场的路上，路西，有一家的门头上种了很大的一丛枸杞，秋天结了很多枸杞子，通红通红的，礼花似的，喷泉似的垂挂下来，一个珊瑚珠穿成的华盖，好看极了。这丛枸杞可以拿到花会上去展览。这家怎么会想起在门头上种一丛枸杞？

槐花

玉渊潭洋槐花盛开，像下了一场大雪，白得耀眼。来了放蜂的人。蜂箱都放好了，他的“家”也安顿了。一个刷了涂料的很厚的黑色的帆布篷子。里面打了两道土堰，上面架起几块木板，是床。床上一卷铺盖。地上排着油瓶、酱油瓶、醋瓶。一个白铁桶里已经有多半桶蜜。外面一个蜂窝煤炉子上坐着锅。一个女人在案板上切青蒜。锅开了，她往锅里下了一把干切面。不大会儿，面熟了，她把面捞在碗里，加了作料、撒上青蒜，在一个碗里舀了半勺豆瓣。一人一碗。她吃的是加了豆瓣的。

蜜蜂忙着采蜜，进进出出，飞满一天。

我跟养蜂人买过两次蜜，绕玉渊潭散步回来，经过他的棚子，大都要在他门前的树墩上坐一坐，抽一支烟，看他收蜜，刮蜡，跟他聊两句，彼此都熟了。

这是一个五十岁上下的中年人，高高瘦瘦的，身体像是不太好，他做事总是那么从容不迫，慢条斯理的。样子不像个农民，倒有点像一个农村小学校长。听口音，是石家庄一带的。他到过很多省。哪里有鲜花，就到哪里去。菜花开的地方，玫瑰花开的地方，苹果花开的地方，枣花开的地方。每年都到南方去过冬，广西，贵州。到了春暖，再往北返。我问他是不是枣花蜜最好，他说是荆条花的蜜最好。这很出乎我的意料。荆条是个不起眼的东西，而且我从来没有见过荆条开花，想不到荆条花蜜却是最好的蜜。我想他每年收入应当不错。他说比一般农民要好一些，但是也落不下多少：蜂具，路费；而且每年要赔几十斤白糖，——蜜蜂冬天不采蜜，得喂它糖。

女人显然是他的老婆。不过他们岁数相差太大了。他五十了，女人也就是三十出头。而且，她是四川人，说四川话。我问他：你们是怎么认识的？他说：她是新繁县人。那年他到新繁放蜂，认识了。她说北方的大米好吃，就跟来了。

有那么简单？也许她看中了他的脾气好，喜欢这样安静平和的性格？也许她觉得这种放蜂生活，东南西北到处跑，好耍？这是一种农村式的浪漫主义。四川女孩子做事往往很洒脱，想咋个就咋个，不像北方女孩子有那么多考虑。他们结婚已经几年了。丈夫对她好，她对丈夫也很体贴。她觉得她的选择没有错，很满意，不后悔。我问养蜂人：她回去过没有？他说：回去过一次，一个人，他让她带了两千块钱，她买了好些礼物送人，风风光光地回了一趟新繁。

一天，我没有看见女人，问养蜂人，她到哪里去了。养蜂人说：“到我那大儿子家去了，去接我那大儿子的孩子。”他有个大儿子，在北京工作，在汽车修配厂当工人。

她抱回来一个四岁多的男孩，带着他在棚子里住了几天。她带他到甘家口商场买衣服，买鞋，买饼干，买冰糖葫芦。男孩子在床上玩鸡啄米，她靠着被窝用钩针给他钩一顶大红的毛线帽子。她很爱这个孩子。这种爱是完全非功利的，既不是讨丈夫的欢心，也不是为了和丈夫的儿子一家搞好关系。这是一颗很善良，很美的心。孩子叫她奶奶，奶奶笑了。

过了几天，她把孩子又送了回去。

过了两天，我去玉渊潭散步，养蜂人的棚子拆了，蜂箱集中在一起。等我散步回来，养蜂人的大儿子开来一辆卡车，把棚柱、木板、煤炉、锅碗和蜂箱装好，养蜂人两口子坐上车，卡车开走了。

玉渊潭的槐花落了。

岁朝清供

“岁朝清供”是中国画家爱画的画题。明清以后画这个题目的尤其多。任伯年就画过不少幅。画里画的、实际生活里供的，无非是这几样：天竹果、蜡梅花、水仙。有时为了填补空白，画里加两个香橼。“橼”谐音圆，取其吉利。水仙、蜡梅、天竹，是取其颜色鲜丽。隆冬风厉，百卉凋残，晴窗坐对，眼目增明，是岁朝乐事。

我家旧园有蜡梅四株，主干粗如汤碗，近春节时，繁花满树。这几棵蜡梅磬口檀心，本来是名贵的，但是我们那里重白心而轻檀心，称白心者为“冰心”，而给檀心的起一个不好听的名字：“狗心”。我觉得狗心蜡梅也很好看。初一一早，我就爬上树去，选择一大枝——要枝子好看、花蕾多的，拗折下来——蜡梅枝脆，极易折，插在大胆瓶里。这枝蜡梅高可三尺，很壮观。天竹我们家也有一棵，在园西墙角。不知道为什么总是长不大，细弱伶仃，结果也少。我不忍心多折，只是剪两三穗，插进胆瓶，为蜡梅增色而已。

我走过很多地方，像我们家那样粗壮的蜡梅还没有见过。

在安徽黟县参观古民居，几乎家家都有两三丛天竹。有一家有一棵天竹，结了那么多果子，简直是岂有此理！而且颜色是正红的，——一般天竹果都偏一点紫。我驻足看了半天，已经走出门了，又回去看了一会儿。大概黟县土壤气候特宜天竹。在杭州茶叶博物馆，看见一个山坡上种了一大片天竹。我去时不是结果的时候，不能断定果子是什么颜色的，但看梗干枝叶都作深紫色，料想果子也是偏紫的。任伯年画天竹，果极繁密。齐白石画天竹，果较疏；粒大，而色近朱红。叶亦不作羽状。或云此别是一种，湖南人谓之草天竹，未知是否。

养水仙得会“刻”，否则叶子长得很高，花弱而小，甚至花未放蕾即枯瘪。但是画水仙都还是画完整的球茎，极少画刻过的，即福建画家郑乃珧也不画刻过的水仙。刻过的水仙花美，而形态不入画。

北京人家春节供蜡梅、天竹者少，因不易得。富贵人家常在大厅里摆两盆梅花（北京谓之“干枝梅”，很不好听），在泥盆外加开光粉彩或景泰蓝套盆，很俗气。穷家过年，也要有一点颜色。很多人家养一盆青蒜。这也算代替水仙了吧。或用大萝卜一个，削去尾，挖去肉，空壳内种蒜，铁丝为箍，以线挂在朝阳的窗下，蒜叶碧绿，萝卜皮通红，萝卜缨翻卷上来，也颇悦目。

广州春节有花市，四时鲜花皆有。曾见刘旦宅画“广州春节花市所见”，画的是一个少妇的背影，背篼里背着一个娃娃，右手抱一大束各种颜色的花，左手拈花一朵，微微回头逗弄娃娃，少妇著白上衣，银灰色长裤，身材很苗条。穿浅黄色拖鞋。轻轻两笔，勾出小巧的脚跟。很美。这幅画最动人之处，正在脚跟两笔。

这样鲜艳的繁花，很难说是“清供”了。曾见一幅旧画：一间茅屋，一个老者手捧一个瓦罐，内插梅花一枝，正要放到案上，题目：“山家除夕无他事，插了梅花便过年。”这才真是“岁朝清供”！

一九九二年十二月三十一日

草木春秋

木芙蓉

浙江永嘉多木芙蓉。市内一条街边有一棵，干粗如电线杆，高近二层楼，花多而大，他处少见。楠溪江边的村落，村外、路边的茶亭（永嘉多茶亭，供人休息、喝茶、聊天）檐下，到处可以看见芙蓉。芙蓉有一特别处，红白相间。初开白色，渐渐一边变红，终至整个的花都是桃红的。花期长，掩映于手掌大的浓绿的叶丛中，欣然有生意。

我曾向永嘉市领导建议，以芙蓉为永嘉市花，市领导说永嘉已有市花，是茶花。后来听说温州选定茶花为温州市花，那么永嘉恐怕得让一让。永嘉让出茶花，永嘉市花当另选。那么，芙蓉被选中，还是有可能的。

永嘉为什么种那么多木芙蓉呢？问人，说是为了打草鞋。芙蓉的树皮很柔韧结实，剥下来撕成细条，打成草鞋，穿起来很舒服，且耐走长路，不易磨通。

现在穿树皮编的草鞋的人很少了，大家都穿塑料凉鞋、旅游鞋。但是到处都还在种木芙蓉，这是一种习惯。于是芙蓉就成了永嘉城乡一景。

南瓜子豆腐和皂角仁甜菜

在云南腾冲吃了一道很特别的菜。说豆腐脑不是豆腐脑，说鸡蛋羹不是鸡蛋羹。滑、嫩、鲜，色白而微微带点浅绿，入口清香。这是豆腐吗？是的，但是用鲜南瓜子去壳磨细“点”出来的。很好吃。中国人吃菜真能别出心裁，南瓜子做成豆腐，不知是什么朝代，哪一位美食家想出来的！

席间还有一道甜菜，冰糖皂角米。皂角，我的家乡颇多。一般都用来泡水，洗脸洗头，代替肥皂。皂角仁蒸熟，妇女绣花，把绒在皂仁上“光”一下，绒不散，且光滑，便于入针。没有吃它的。到了昆明，才知道这东西可以吃。昆明过去有专卖蒸菜的饭馆，蒸鸡、蒸排骨，都放小笼里蒸，小笼垫底的是皂角仁，蒸得晶莹透亮，嚼起来有韧劲，好吃。比用红薯、土豆衬底更有风味。但知道可以做甜菜，却是在腾冲。这东西很滑，进口略不停留，即入肠胃。我知道皂角仁的“物性”，警告大家不可多吃。一位老兄吃得口爽，弄了一饭碗，几口就喝了。未及终席，他就奔赴厕所，飞流直下起来。

皂角仁卖得很贵，比莲子、桂圆、西米都贵，只有卖干果、山珍的大食品店才有得卖，普通的副食店里是买不到的。

近几年时兴“皂角洗发膏”，皂角恢复了原来的功能，这也算是“以故为新”吧。

车前子

车前子的样子很有趣。叶贴地而长，近卵形，有长柄。在自由伸向四面的叶丛中央抽出细长的花梗，顶端有穗形花序，直立着。穗不多，少的只有一穗。画家常画之为点缀。程十发即喜画。动画片中好像少不了它。不知道为什么，这东西有一种童话情趣。

车前子可利小便，这是很多农民都知道的。

张家口的山西梆子剧团有一个唱“红”（老生）的演员，经常在几县的“堡”（张家口人称镇为“堡”）演唱，不受欢迎，农民给他起了个外号：“车前子”。怎么给他起了这么个外号呢？因为他一出台，农民观众即纷纷起身上厕所，这位“红”利小便。

这位唱“红”的唱得起劲，观众就大声喊叫：“快去，快，赶紧拿咸菜！”这又是怎么回事呢？吃白薯吃得太多了，烧心反胃，嚼一块咸菜就好了。这位演员的嗓音叫人听起来烧心。

农民有时是很幽默的。

搞艺术的人千万不能当“车前子”，不能叫人烧心反胃。

紫穗槐

在戴了“右派分子”的帽子以后，我曾经被发到西山种树。在石多土少的山头用镢头刨坑。实际上是在石头上硬凿出一个一个的树坑来，再把凿碎的砂石填入，用九齿耙搂平。山上寸土寸金，树坑就山势而凿，大小形状不拘。这是个非常重的活。我成了“右派”后所从事的劳动，以修十三陵水库和这次西山种树的活最重。那真是玩了命。

一早，就上山，带两个干馒头、一块大腌萝卜。顿顿吃大腌萝卜，这不是个事。已经是秋天了，山上的酸枣熟了，我们摘酸枣吃。草里有蝈蝈，烧蝈蝈吃！蝈蝈得是三尾的，腹大，多子。一会儿就能捉半土筐。点一把火，把蝈蝈往火里一倒，劈劈剥剥，熟了。咬一口大腌萝卜，嚼半个烧蝈蝈，就馒头，香啊。人不管走到哪一步，总得找点乐子，想一点办法，老是愁眉苦脸的，干吗呢！

我们刨了坑，放着，当时不种，得到明年开了春，再种。据说要种的是紫穗槐。

紫穗槐我认识，枝叶近似槐树，抽条甚长，初夏开紫花，花似紫藤而颜色较紫藤深，花穗较小，瓣亦稍小。风摇紫穗，姗姗可爱。

紫穗槐的枝叶皆可为饲料，牲口爱吃，上膘。条可编筐。

刨了约二十多天树坑，我就告别西山八大处回原单位等候处理，从此再也没有上过山。不知道我们刨的那些坑里种上紫穗槐了没有。再见，紫穗槐！再见，大腌萝卜！再见，蝈蝈！

阿格头子灰背青

敕勒川，

阴山下。

天似穹庐，

笼盖四野。

天苍苍，

野茫茫，

风吹草低见牛羊。

北齐斛律金这首用鲜卑语唱的歌公认是北朝乐府的杰作，写草原诗的压卷之作，苍茫雄浑，前无古人，后无来者。一千多年以来，不知道有多少“南人”，都从“风吹草低见牛羊”一句诗里感受到草原景色，向往不已。

但是这句诗有夸张成分，是想象之词。真到草原去，是看不到这样的景色的。我曾四下内蒙，到过呼伦贝尔草原、达茂旗的草原、伊克昭盟的草原，还到过新疆的唐巴拉牧场，都不曾见过“风吹草低见牛羊”。张家口坝上沽源的草原的草，倒是比较高，但也藏不住牛羊。论好看，要数沽源的草原好看。草很整齐，叶细长，好像梳过一样，风吹过，起伏摇摆如碧浪。这种草是什么草？问之当地人，说是“碱草”，我怀疑这可能是“草菅人命”的“菅”。“碱草”的营养价值不是很高。

营养价值高的牧草有阿格头子、灰背青。

陪同我们的老曹唱他的爬山调：

阿格头子灰背青，

四十五天到新城。

他说灰背青叶子青绿而背面是灰色的。“阿格头子”是蒙古话。他拔起两把草叫我们看，且问一个牧民：“这是阿格头子吗？

“阿格！阿格！”

这两种草都不高，也就三四寸，几乎是贴地而长。叶片肥厚而多汁。

“阿格头子灰背青，四十五天到新城。”老曹年轻时拉过骆驼，从呼和浩特驮货到新疆新城，一趟得走四十五天。那么来回就得三个月。在多见牛羊少见人的大草原上拉着骆驼一步一步地走，这滋味真难以想象。

老曹是个有趣的人。他的生活知识非常丰富，大青山的药材、草原上的草，他没有不认识的。他知道很多故事，很会说故事。单是狼，他就能说一整天。都是实在经验过的，并非道听途说。狼怎样逗小羊玩，小羊高了兴，跳起来，过了圈羊的荆笆，狼一口就把小羊叼走了；狼会出痘，老狼把出痘子的小狼用沙埋起来，只露出几个小脑袋；有一个小号兵掏了三只小狼羔子，带着走，母狼每晚上跟着部队，哭，后来怕暴露部队目标，队长说服小号兵把小狼放了……老曹好说，能吃，善饮，喜交游。他在大青山打过游击，山里的堡垒户都跟他很熟，我们的吉普车上下山，他常在路口叫司机停一下，找熟人聊两句，帮他们买拖拉机，解决孩子入学……我们后来拜访了布赫同志，提起老曹，布赫同志说：“他是个红火人。”“红火人”这样的说法，我在别处没有听见过，但是用之于老曹身上，很合适。

老曹后来在呼市负责林业工作。他曾到大兴安岭调查，购买树种，吃过犴鼻子（他说犴鼻子黏性极大，吃下一块，上下牙粘在一起，得使劲张嘴，才能张开。他做了一个当时使劲张嘴的样子，很滑稽）、飞龙。他负责林业时主要的业绩是在大青山山脚至市中心的大路两侧种了杨树，长得很整齐健旺。但是他最喜爱的是紫穗槐，是个紫穗槐迷，到处宣传紫穗槐的好处。

“文化大革命”，内蒙大搞“内人党”问题，手段极其野蛮残酷，是全国少有的重灾区。老曹在劫难逃。他被捆押吊打，打断了踝骨。后经打了石膏，幸未致残，但是走起路来一拐一拐的。他还是那么“红火”，健谈豪饮。

老曹从小家贫，“成分”不高。他拉过骆驼，吃过很多苦。他在大青山打过游击，无历史问题，为什么要整他、要打断他的踝骨？为什么？

阿格头子灰背青，

四十五天到新城。

花和金鱼

从东珠市口经三里河、河舶厂，过马路一直往东，是一条横街。这是北京的一条老街了。也说不上有什么特点，只是有那么一种老北京的味儿。有些店铺是别的街上没有的。有一个每天卖豆汁儿的摊子，卖焦圈儿、马蹄烧饼，水疙瘩丝切得细得像头发。这一带的居民好像特别爱喝豆汁儿，每天晌午，有一个人推车来卖，车上搁一个可容一担水的木桶，木桶里有多半桶豆汁儿。也不吆喝，到时候就来了，老太太们准备好了坛坛罐罐等着。马路东有一家卖鞭哨、皮条、纲绳等等骡车马车上用的各种配件。北京现在大车少了，来买的多是河北人。看了店堂里挂着的挺老长的白色的皮条、两股坚挺的竹子拧成的鞭哨，叫人有点说不出来的感动。有一家铺子在一个高台阶上，门外有一块小匾，写着“惜阴斋”。这是卖什么的呢？我特意上了台阶走进去看了看：是专卖老式木壳自鸣钟、怀表的，兼营擦洗钟表油泥、修配发条、油丝。“惜阴”用之于钟表店，挺有意思，不知是哪位一方名士给写的匾。有一个茶叶店，也有一块匾：“今雨茶庄”（好几个人问过我这是什么意思）。其实这是一家夫妻店，什么“茶庄”！

两口子，有五十好几了，经营了这么个“茶庄”。他们每天的生活极其清简。大妈早起擞炉子、生火、坐水、出去买菜。老爷子扫地，擦拭柜台，端正盆花金鱼。老两口都爱养花、养鱼。鱼是龙睛，两条大红的，两条蓝的（他们不爱什么红帽子、绒球……）。鱼缸不大，漂着笮草。花四季更换。夏天，茉莉、珠兰（熟人来买茶叶，掌柜的会摘几朵鲜茉莉花或一小串珠兰和茶叶包在一起）；秋天，九花（老北京人管菊花叫“九花”）；冬天，水仙、天竺果。我买茶叶都到“今雨茶庄”买，近。我住河舶厂，出胡同口就是。我每次买茶叶，总爱跟掌柜的聊聊，看看他的花。花并不名贵，但养得很有精神。他说：“我不瞧戏，不看电影，就是这点爱好。”

我打成了“右派”，就离开了河舶厂。过了十几年，偶尔到三里河去，想看“今雨茶庄”还在不在，没找到。问问老住户，说：“早没有了！”——“茶叶店掌柜的呢？”——“死了！叫红卫兵打死了！”——“干吗打他？”——“说他是小业主；养花养鱼是‘四旧’。老伴没几天也死了，吓死的！这他妈的‘文化大革命’！这叫什么事儿！”

四方食事

一个人的口味要宽一点、杂一点，「南甜北咸东辣西酸」，都去尝尝。对食物如此，对文化也应该这样。

宋朝人的吃喝

唐宋人似乎不怎么讲究大吃大喝。杜甫的《丽人行》里列叙了一些珍馐，但多系夸张想象之辞。五代顾闳中所绘《韩熙载夜宴图》主人客人面前案上所列的食物不过八品，四个高足的浅碗，四个小碟子。有一碗是白色的圆球形的东西，有点像外面滚了米粒的蓑衣丸子。有一碗颜色是鲜红的，很惹眼，用放大镜细看，不过是几个带蒂的柿子！其余的看不清是什么。苏东坡是个有名的馋人，但他爱吃的好像只是猪肉。他称赞“黄州好猪肉”，但还是“富者不解吃，贫者不解煮”。他爱吃猪头，也不过是煮得稀烂，最后浇一勺杏酪。——杏酪想必是酸里咕叽的，可以解腻。有人“忽出新意”，以山羊肉为玉糁羹，他觉得好吃得不得了。这是一种什么东西？大概只是山羊肉加碎米煮成的糊糊罢了。当然，想象起来也不难吃。

宋朝人的吃喝好像比较简单而清淡。连有皇帝参加的御宴也并不丰盛。御宴有定制，每一盏酒都要有歌舞杂技，似乎这是主要的，吃喝在其次。幽兰居士《东京梦华录》载《宰执亲王宗室百官入内上寿》，使臣诸卿只是“每分列环饼、油饼、枣塔为看盘，次列果子。惟大辽加之猪羊鸡鹅兔连骨熟肉为看盘，皆以小绳束之。又生葱韭蒜醋各一碟。三五人共列浆水一桶，立杓数枚。”“看盘”只是摆样子的，不能吃的。“凡御宴至第三盏，方有下酒肉、咸豉、爆肉、双下驼峰角子”。第四盏下酒的炙子骨头、索粉、白肉胡饼；第五盏是群仙炙、开花饼、太平毕罗、干饭、缕肉羹、莲花肉饼；第六盏假圆鱼、密浮酥捺花；第七盏排炊羊、胡饼、炙金肠；第八盏假沙鱼、独下馒头、肚羹；第九盏水饭、簇饤下饭。如此而已。

宋朝市面上的吃食似乎很便宜。《东京梦华录》云：“吾辈入店，则用一等琉璃浅棱碗，谓之‘碧碗’，亦谓之‘造羹’，菜蔬精细，谓之‘造齑’，每碗十文。”《会仙酒楼》条载：“止两人对坐饮酒……即银近百两矣。”初看吓人一跳。细看，这是指餐具的价值——宋人餐具多用银。

几乎所有记两宋风俗的书无不记“市食”。钱塘吴自牧《梦粱录·分茶酒店》最为详备。宋朝的肴馔好像多是“快餐”，是现成的。中国古代人流行吃羹。“三日入厨下，洗手作羹汤”，不说是洗手炒肉丝。《水浒传》林冲的徒弟说自己“安排得好菜蔬，端整得好汁水”，“汁水”也就是羹。《东京梦华录》云“旧只用匙今皆用箸矣”，可见本都是可喝的汤水。其次是各种爊菜、爊鸡、爊鸭、爊鹅。再次是半干的肉脯和全干的肉犯。几本书里都提到“影戏犯”，我觉得这就是四川的灯影牛肉一类的东西。炒菜也有，如炒蟹，但极少。

宋朝人饮酒和后来有些不同的，是总要有些鲜果、干果，如柑、梨、枣、柿，炒栗子、新银杏，以及莴苣、“姜油多”之类的菜蔬和玛瑙饧、泽州饧之类的糖稀。《水浒》所谓“铺下果子按酒”，即指此类东西。

宋朝的面食品类甚多。我们现在叫作主食，宋人却叫“从食”。面食主要是饼。《水浒》动辄说“回些面来打饼”。饼有门油、菊花、宽焦、侧厚、油锅、新样满麻。《东京梦华录》载武成王庙前海州张家、皇建院前郑家最盛，每家有五十余炉。五十几个炉子一起烙饼，真是好家伙！

遍检《东京梦华录》《都城纪胜》《西湖老人繁胜录》《梦粱录》《武林旧事》，都没有发现宋朝人吃海参、鱼翅、燕窝的记载。吃这种滋补性的高蛋白的海味，大概从明朝才开始。这大概和明朝人的纵欲有关系，记得鲁迅好像曾经说过。

宋朝人好像实行的是“分食制”。《东京梦华录》云“用一等琉璃浅棱碗……每碗十文”，可证。《韩熙载夜宴图》上画的也是各人一份，不像后来大家合坐一桌，大盘大碗，筷子勺子一起来。这一点是颇合卫生的，因不易传染肝炎。

一九八七年一月十八日

鱼我所欲也

石斑鱼

我第一次吃石斑鱼是一九四七年，在越南海防一家华侨开的饭馆里。那吃法很别致。一条很大的石斑鱼，红烧，同时上一大盘生的薄荷叶。我仿照邻座人的办法，吃一口石斑鱼，嚼几片薄荷叶。这薄荷可把口中残余的鱼味去掉，再吃第二口，则鱼味常新。这种吃法，国内似没有。越南人爱吃薄荷，华侨饭馆这样的搭配，盖受越南人之影响。

石斑鱼有红斑，青斑——即灰鼠斑。灰鼠斑尤为名贵，清蒸最好。

鳜鱼

可以和石斑鱼相媲美的淡水鱼，其谓鳜鱼乎？张志和《渔父》词：

“西塞山前白鹭飞，桃花流水鳜鱼肥”，一经品题，身价十倍。我的家乡是水乡，产鱼，而以“鳊、白、鲦”为三大鱼名：“鲦”是鲦花鱼，即鳜鱼。徐文长以为“鲦”字应作“罽”。“罽”是古代的花毯。鲦花鱼身上有黄黑的斑点，似“罽”。但“罽”字今人多不识，如果饭馆的菜单上出现这个字，顾客将不知道这是什么东西。鳜鱼肉细，是蒜瓣肉，刺少，清蒸、氽汤、红烧、糖醋皆宜。苏南饭馆做“松鼠鳜鱼”，甚佳。

一九三八年，我在淮安吃过干炸鲦花鱼。活鳜鱼，重三斤，加花刀，在大油锅中炸熟，外皮酥脆，鱼肉白嫩，蘸花椒盐吃，极妙。和我一同吃的有小叔父汪兰生、表弟董受申。汪兰生、董受申都去世多年了。

鲥鱼·刀鱼·鮰鱼

这都是江鱼。

鲥鱼现在卖到两百多块钱一斤，成了走后门送礼的东西，“吃的人不买，买的人不吃”。

刀鱼极鲜、肉极细，但多刺。金圣叹尝以为刀鱼刺多是人生恨事之一。不会吃刀鱼的人是很容易卡到嗓子的。镇江人以刀鱼煮至稀烂，用纱布滤去细刺，以做汤、下面，即谓“刀鱼面”，很美。

我在江阴读南菁中学时，常常吃到鮰鱼，学校食堂里常做这东西。在江阴是很便宜的。鮰鱼本名鮠鱼，但今人只叫它鮰鱼。鮰鱼大概也能红烧。但我在中学时吃的鮰鱼都是白烧。后来在汉口的璇宫饭店吃的，也是白烧。鮰鱼肉厚，切块放在碗里，没有吃过的人会以为这是鸡块。鮰鱼几乎无刺，大块入口，吃起来很过瘾，宜于馋而懒的人。或说鮰鱼是吃死人的。江里哪有那么多的死人？！鮰鱼吃鱼，是确实的。凡吃鱼的鱼都好吃，鳜鱼也是吃鱼的。养鱼的池塘里是不能有鳜鱼的，见鳜鱼，即捕去。

黄河鲤鱼

我不爱吃鲤鱼，因为肉粗，且有土腥气，但黄河鲤鱼除外。在河南开封吃过黄河鲤鱼，后来在山东水泊梁山下吃过黄河鲤鱼，名不虚传。辨黄河鲤与非黄河鲤，只需看鲤鱼剖开后内膜是白的还是黑的。白色者是真黄河鲤，黑色者是假货。梁山一带人对鲤鱼很重视，酒席上必须有鲤鱼，“无鱼不成席”。婚宴尤不可少。梁山一带人对即将结婚的青年男女，不说是“等着吃你的喜酒”，而说“等着吃你的鱼！”鲤鱼要吃三斤左右的，价也最贵。《水浒传·吴学究说三阮撞筹》中吴用说他“在一个大财主家做门馆教学，今来要对付十数尾金色鲤鱼，要重十四五斤的”。鲤鱼大到十四五斤，不好吃了，写《水浒》的施耐庵、罗贯中对吃鲤鱼外行。

虎头鲨和昂嗤鱼

虎头鲨和昂嗤鱼原来都是贱鱼，在我的家乡是上不得席的，现在都变得名贵了。

苏州人特重塘鳢鱼，谈起来眉飞色舞。我到苏州一看：嗐，原来就是我们那里的虎头鲨。虎头鲨头大而硬，鳞色微紫，有小黑斑，样子很凶恶，而肉极嫩。我们家乡一般用来氽汤，汤里加醋。昂嗤鱼阔嘴有须，背黄腹白，无背鳍，背上有一根硬骨，捏住硬骨，它会“昂嗤昂嗤”地叫。过去也是氽汤、不放醋，汤白如牛乳。近年家乡兴起炒昂嗤鱼片，谓之“炒金银片”，亦佳。

鳝鱼

淮安人能做全鳝席，一桌子菜，全是鳝鱼。除了烤鳝背、炝虎尾等名堂，主要的做法一是炒，二是烧。鳝鱼烫熟切丝再炒，叫作“软兜”；生炒叫炒脆鳝。红烧鳝段叫“火烧马鞍桥”，更粗的鳝段叫“闷张飞”。制鳝鱼都要下大量姜蒜，上桌后撒胡椒，不厌其多。

一九九二年九月十四日

故乡的食物

炒米和焦屑

小时读《板桥家书》："天寒冰冻时暮，穷亲戚朋友到门，先泡一大碗炒米送手中，佐以酱姜一小碟，最是暖老温贫之具"，觉得很亲切。郑板桥是兴化人，我的家乡是高邮，风气相似。这样的感情，是外地人们不易领会的。炒米是各地都有的。但是很多地方都做成了炒米糖。这是很便宜的食品。孩子买了，咯咯地嚼着。四川有"炒米糖开水"，车站码头都有得卖，那是泡着吃的。但四川的炒米糖似也是专业的作坊做的，不像我们那里。我们那里也有炒米糖，像别处一样，切成长方形的一块一块。也有搓成圆球的，叫作"欢喜团"。那也是作坊里做的。但通常所说的炒米，是不加糖黏结的，是"散装"的；而且不是作坊里做出来，是自己家里炒的。

说是自己家里炒，其实是请了人来炒的。炒炒米也要点手艺，并不是人人都会的。入了冬，大概是过了冬至吧，有人背了一面大筛子，手持长柄的铁铲，大街小巷地走，这就是炒炒米的。有时带一个助手，多半是个半大孩子，是帮他烧火的。请到家里来，管一顿饭，给几个钱，炒一天。或二斗，或半石；像我们家人口多，一次得炒一石糯米。炒炒米都是把一年所需一次炒齐，没有零零碎碎炒的。过了这个季节，再找炒炒米的也找不着。一炒炒米，就让人觉得，快要过年了。

装炒米的坛子是固定的，这个坛子就叫“炒米坛子”，不作别的用途。舀炒米的东西也是固定的，一般人家大都是用一个香烟罐头。我的祖母用的是一个“柚子壳”。柚子，——我们那里柚子不多见，从顶上开一个洞，把里面的瓤掏出来，再塞上米糠，风干，就成了一个硬壳的钵状的东西。她用这个柚子壳用了一辈子。

我父亲有一个很怪的朋友，叫张仲陶。他很有学问，曾教我读过《项羽本纪》。他薄有田产，不治生业，整天在家研究易经，算卦。他算卦用蓍草。全城只有他一个人用蓍草算卦。据说他有几卦算得极灵。有一家，丢了一只金戒指，怀疑是女佣人偷了。这女佣人蒙了冤枉，来求张先生算一卦。张先生算了，说戒指没有丢，在你们家炒米坛盖子上。一找，果然。我小时就不大相信，算卦怎么能算得这样准，怎么能算得出在炒米坛盖子上呢？不过他的这一卦说明了一件事，即我们那里炒米坛子是几乎家家都有的。

炒米这东西实在说不上有什么好吃。家常预备，不过取其方便。用开水一泡，马上就可以吃。在没有什么东西好吃的时候，泡一碗，可代早晚茶。来了平常的客人，泡一碗，也算是点心。郑板桥说“穷亲戚朋友到门，先泡一大碗炒米送手中”，也是说其省事，比下一碗挂面还要简单。炒米是吃不饱人的。一大碗，其实没有多少东西。我们那里吃泡炒米，一般是抓上一把白糖，如板桥所说“佐以酱姜一小碟”，也有，少。我现在岁数大了，如有人请我吃泡炒米，我倒宁愿来一小碟酱生姜，——最好滴几滴香油，那倒是还有点意思的。另外还有一种吃法，用猪油煎两个嫩荷包蛋——我们那里叫作“蛋瘪子”，抓一把炒米和在一起吃。这种食品是只有“惯宝宝”才能吃得到的。谁家要是老给孩子吃这种东西，街坊就会有议论的。

我们那里还有一种可以急就的食品，叫作“焦屑”。煳锅巴磨成碎末，就是焦屑。我们那里，餐餐吃米饭，顿顿有锅巴。把饭铲出来，锅巴用小火烘焦，起出来，卷成一卷，存着。锅巴是不会坏的，不发馊，不长霉。攒够一定的数量，就用一具小石磨磨碎，放起来。焦屑也像炒米一样，用开水冲冲，就能吃了。焦屑调匀后成糊状，有点像北方的炒面，但比炒面爽口。

我们那里的人家预备炒米和焦屑，除了方便，原来还有一层意思，是应急。在不能正常煮饭时，可以用来充饥。这很有点像古代行军用的“糒”。有一年，记不得是哪一年，总之是我还小，还在上小学，党军（国民革命军）和联军（孙传芳的军队）在我们县境内开了仗，很多人都躲进了红十字会。不知道出于一种什么信念，大家都以为红十字会是哪一方的军队都不能打进去的，进了红十字会就安全了。红十字会设在炼阳观，这是一个道观。我们一家带了一点行李进了炼阳观。祖母指挥着，特别关照，把一坛炒米和一坛焦屑带了去。我对这种打破常规的生活极感兴趣。晚上，爬到吕祖楼上去，看双方军队枪炮的火光在东北面不知什么地方一阵一阵地亮着，觉得有点紧张，也很好玩。很多人家住在一起，不能煮饭，这一晚上，我们是冲炒米、泡焦屑度过的。没有床铺，我把几个道士诵经用的蒲团拼起来，在上面睡了一夜。这实在是我小时候度过的一个浪漫主义的夜晚。

第二天，没事了，大家就都回家了。

炒米和焦屑和我家乡的贫穷和长期的动乱是有关系的。

端午的鸭蛋

家乡的端午，很多风俗和外地一样。系百索子。五色的丝线拧成小绳，系在手腕上。丝线是掉色的，洗脸时沾了水，手腕上就印得红道绿一道的。做香角子。丝线缠成小粽子，里头装了香面，一个一个串起来，挂在帐钩上。贴五毒。红纸剪成五毒，贴在门坎上。贴符。这符是城隍庙送来的。城隍庙的老道士还是我的寄名干爹，他每年端午节前就派小道士送符来，还有两把小纸扇。符送来了，就贴在堂屋的门楣上。一尺来长的黄色、蓝色的纸条，上面用朱笔画些莫名其妙的道道，这就能辟邪么？喝雄黄酒。用酒和的雄黄在孩子的额头上画一个王字，这是很多地方都有的。有一个风俗不知别处有不：放黄烟子。黄烟子是大小如北方的麻雷子的炮仗，只是里面灌的不是硝药，而是雄黄。点着后不响，只是冒出一股黄烟，能冒好一会。把点着的黄烟子丢在橱柜下面，说是可以熏五毒。小孩子点了黄烟子，常把它的一头抵在板壁上写虎字。写黄烟虎字笔画不能断，所以我们那里的孩子都会写草书的“一笔虎”。还有一个风俗，是端午节的午饭要吃“十二红”，就是十二道红颜色的菜。十二红里我只记得有炒红苋菜、油爆虾、咸鸭蛋，其余的都记不清，数不出了。也许十二红只是一个名目，不一定真凑足十二样。不过午饭的菜都是红的，这一点是我没有记错的，而且，苋菜、虾、鸭蛋，一定是有的。这三样，在我的家乡，都不贵，多数人家是吃得起的。

我的家乡是水乡。出鸭。高邮大麻鸭是著名的鸭种。鸭多，鸭蛋也多。高邮人也善于腌鸭蛋。高邮咸鸭蛋于是出了名。我在苏南、浙江，每逢有人问起我的籍贯，回答之后，对方就会肃然起敬："哦！你们那里出咸鸭蛋！"上海的卖腌腊的店铺里也卖咸鸭蛋，必用纸条特别标明："高邮咸蛋"。高邮还出双黄鸭蛋。别处鸭蛋有偶有双黄的，但不如高邮的多，可以成批输出。双黄鸭蛋味道其实无特别处。还不就是个鸭蛋！只是切开之后，里面圆圆的两个黄，使人惊奇不已。我对异乡人称道高邮鸭蛋，是不大高兴的，好像我们那穷地方就出鸭蛋似的！不过高邮的咸鸭蛋，确实是好，我走的地方不少，所食鸭蛋多矣，但和我家乡的完全不能相比！曾经沧海难为水，他乡咸鸭蛋，我实在瞧不上。袁枚的《随园食单·小菜单》有"腌蛋"一条。袁子才这个人我不喜欢，他的《食单》好些菜的做法是听来的，他自己并不会做菜。但是"腌蛋"这一条我看后却觉得很亲切，而且"与有荣焉"。文不长，录如下：

腌蛋以高邮为佳，颜色细而油多，高文端公最喜食之。席间，先夹取以敬客，放盘中。总宜切开带壳，黄白兼用；不可存黄去白，使味不全，油亦走散。

高邮咸蛋的特点是质细而油多。蛋白柔嫩，不似别处的发干、发粉，入口如嚼石灰。油多尤为别处所不及。鸭蛋的吃法，如袁子才所说，带壳切开，是一种，那是席间待客的办法。平常食用，一般都是敲破“空头”用筷子挖着吃。筷子头一扎下去，吱——红油就冒出来了。高邮咸蛋的黄是通红的。苏北有一道名菜，叫做“朱砂豆腐”，就是用高邮鸭蛋黄炒的豆腐。我在北京吃的咸鸭蛋，蛋黄是浅黄色的，这叫什么咸鸭蛋呢！

端午节，我们那里的孩子兴挂“鸭蛋络子”。头一天，就由姑姑或姐姐用彩色丝线打好了络子。端午一早，鸭蛋煮熟了，由孩子自己去挑一个，鸭蛋有什么可挑的呢！有！一要挑淡青壳的。鸭蛋壳有白的和淡青的两种。二要挑形状好看的。别说鸭蛋都是一样的，细看却不同。有的样子蠢，有的秀气。挑好了，装在络子里，挂在大襟的纽扣上。这有什么好看呢？然而它是孩子心爱的饰物。鸭蛋络子挂了多半天，什么时候孩子一高兴，就把络子里的鸭蛋掏出来，吃了。端午的鸭蛋，新腌不久，只有一点淡淡的咸味，白嘴吃也可以。

孩子吃鸭蛋是很小心的，除了敲去空头，不把蛋壳碰破。蛋黄蛋白吃光了，用清水把鸭蛋里面洗净，晚上捉了萤火虫来，装在蛋壳里，空头的地方糊一层薄罗。萤火虫在鸭蛋壳里一闪一闪地亮，好看极了！

小时读囊萤映雪故事，觉得东晋的车胤用练囊盛了几十只萤火虫，照了读书，还不如用鸭蛋壳来装萤火虫。不过用萤火虫照亮来读书，而且一夜读到天亮，这能行么？车胤读的是手写的卷子，字大，若是读现在的新五号字，大概是不行的。

咸菜茨菰汤

一到下雪天，我们家就喝咸菜汤，不知是什么道理。是因为雪天买不到青菜？那也不见得。除非大雪三日，卖菜的出不了门，否则他们总还会上市卖菜的。这大概只是一种习惯。一早起来，看见飘雪花了，我就知道：今天中午是咸菜汤！

咸菜是青菜腌的。我们那里过去不种白菜，偶有卖的，叫做“黄芽菜”，是外地运去的，很名贵。一盘黄芽菜炒肉丝，是上等菜。平常吃的，都是青菜，青菜似油菜，但高大得多。入秋，腌菜，这时青菜正肥。把青菜成担的买来，洗净，晾去水气，下缸。一层菜，一层盐，码实，即成。随吃随取，可以一直吃到第二年春天。

腌了四五天的新咸菜很好吃，不咸，细、嫩、脆、甜，难可比拟。

咸菜汤是咸菜切碎了煮成的。到了下雪的天气，咸菜已经腌得很咸了，而且已经发酸，咸菜汤的颜色是暗绿的。没有吃惯的人，是不容易引起食欲的。

咸菜汤里有时加了茨菰片，那就是咸菜茨菰汤。或者叫茨菰咸菜汤，都可以。

我小时候对茨菰实在没有好感。这东西有一种苦味。民国二十年，我们家乡闹大水，各种作物减产，只有茨菰却丰收。那一年我吃了很多茨菰，而且是不去茨菰的嘴子的，真难吃。

我十九岁离乡，辗转漂流，三四十年没有吃到茨菰，并不想。

前好几年，春节后数日，我到沈从文老师家去拜年，他留我吃饭，师母张兆和炒了一盘茨菰肉片。沈先生吃了两片茨菰，说：“这个好！

煨芋如拳勸客嘗
子愷畫

格比土豆高。”我承认他这话。吃菜讲究“格”的高低，这种语言正是沈老师的语言。他是对什么事物都讲“格”的，包括对于茨菰、土豆。

因为久违，我对茨菰有了感情。前几年，北京的菜市场在春节前后有卖茨菰的。我见到，必要买一点回来加肉炒了。家里人都不怎么爱吃。所有的茨菰，都由我一个人“包圆儿”了。

北方人不识茨菰。我买茨菰，总要有人问我：“这是什么？”——“茨菰。”——“茨菰是什么？”这可不好回答。

北京的茨菰卖得很贵，价钱和“洞子货”（温室所产）的西红柿、野鸡脖韭菜差不多。

我很想喝一碗咸菜茨菰汤。

我想念家乡的雪。

虎头鲨·昂嗤鱼·砗螯·螺蛳·蚬子

苏州人特重塘鳢鱼。上海人也是，一提起塘鳢鱼，眉飞色舞。塘鳢鱼是什么鱼？我向往之久矣。到苏州，曾想尝尝塘鳢鱼，未能如愿。后来我知道：塘鳢鱼就是虎头鲨，嗐！

塘鳢鱼亦称土步鱼。《随园食单》：“杭州以土步鱼为上品，而金陵人贱之，目为虎头蛇，可发一笑。”虎头蛇即虎头鲨。这种鱼样子不好看，而且有点凶恶。浑身紫褐色，有细碎黑斑，头大而多骨，鳍如蝶翅。这种鱼在我们那里也是贱鱼，是不能上席的。苏州人做塘鳢鱼有清炒、椒盐多法。我们家乡通常的吃法是氽汤，加醋、胡椒。虎头鲨氽汤，鱼肉极细嫩，松而不散，汤味极鲜，开胃。

昂嗤鱼的样子也很怪，头扁嘴阔，有点像鲇鱼，无鳞，皮色黄，有浅黑色的不规整的大斑。无背鳍。而背上有一根很硬的尖锐的骨刺。用手捏起这根骨刺，它就发出昂嗤昂嗤小小的声音。这声音是怎么发出来的，我一直没弄明白。这种鱼是由这种声音得名的。它的学名是什么，只有去问鱼类学专家了。这种鱼没有很大的，七八寸长的，就算难得的了。这种鱼也很贱，连乡下人也看不起。我的一个亲戚在农村插队，见到昂嗤鱼，买了一些，农民都笑他："买这种鱼干什么！"昂嗤鱼其实是很好吃的。昂嗤鱼通常也是氽汤。虎头鲨是醋汤，昂嗤鱼不加醋，汤白如牛乳，是所谓"奶汤"。昂嗤鱼也极细嫩，鳃边的两块蒜瓣肉有大拇指大，堪称至味。有一年，北京一家鱼店不知从哪里运来一些昂嗤鱼，无人问津。顾客都不识这是啥鱼。有一位卖鱼的老师傅倒知道："这是昂嗤。"我看到，高兴极了，买了十来条。回家一做，满不是那么一回事！昂嗤要吃活的（虎头鲨也是活杀）。长途转运，又在冷库里冰了一些日子，肉质变硬，鲜味全失，一点意思都没有！

砗螯我的家乡叫馋螯，砗螯是扬州人的叫法。我在大连见到花蛤，我以为这是砗螯。不是。形状很相似，入口全不同。花蛤肉粗而硬，咬不动。砗螯极柔软细嫩。砗螯好像是淡水里产的，但味道却似海鲜。有点像蛎黄，但比蛎黄味道清爽。比青蛤、蚶子味厚。砗螯可清炒，烧豆腐，或与咸肉同煮。砗螯烧乌青菜（江南人叫塌苦菜），风味绝佳。乌青菜如是经霜而现拔的，尤美。我不食砗螯四十五年矣。

砗螯壳稍呈三角形，质坚，白如细瓷，而有各种颜色的弧形花斑，有浅紫的，有暗红的，有赭石、墨蓝的，很好看。家里买了砗螯，挖出砗螯肉，我们就从一堆砗螯壳里去挑选，挑到好的，洗净了留起来玩。砗螯壳的铰合部有两个突出的尖嘴子，把尖嘴子在糙石上磨磨，不一会就磨出两个小圆洞，含在嘴里吹，呜呜地响，且有细细颤音，如风吹窗纸。

螺蛳处处有之。我们家乡清明吃螺蛳，谓可以明目。用五香煮熟螺蛳，分给孩子，一人半碗，由他们自己用竹签挑着吃。孩子吃了螺蛳，用小竹弓把螺蛳壳射到屋顶上，喀拉喀拉地响。夏天“检漏”，瓦匠总要扫下好些螺蛳壳。这种小弓不作别的用处，就叫作螺蛳弓，我在小说《戴车匠》里对螺蛳弓有较详细的描写。

蚬子是我所见过的贝类里最小的了，只有一粒瓜子大。蚬子是剥了壳卖的。剥蚬子的人家附近堆了好多蚬子壳，像一个坟头。蚬子炒韭菜，很下饭。这种东西非常便宜，为小户人家的恩物。

有一年修运河堤。按工程规定，有一段堤面应铺碎石，包工的贪污了款子，在堤面铺了一层蚬子壳。前来检收的委员，坐在汽车里，向外一看，白花花的一片，还抽着雪茄烟，连说：“很好！很好！”

我的家乡富水产。鱼中之名贵的是鳊鱼，白鱼（尤重翘嘴白）、鲟花鱼（即鳜鱼），谓之“鳊、白、鲟。”虾有青虾、白虾。蟹极肥。以无特点。故不及。

野鸭·鹌鹑·斑鸠·鵽

过去我们那里野鸭子很多。水乡，野鸭子自然多。秋冬之际，天上有时“过”野鸭子，黑乎乎的一大片，在地上可以听到它们鼓翅的声音，呼呼的，好像刮大风。野鸭子是枪打的（野鸭肉里常常有很细的铁砂子，吃时要小心），但打野鸭子的人自己不进城来卖。卖野鸭子有专门的摊子。有时卖鱼的也卖野鸭子，把一个养活鱼的木盆翻过来，野鸭一对一对地摆在盆底，卖野鸭子是不用秤约的，都是一对一对地卖。野鸭子是有一定分量的。依分量大小，有一定的名称，如“对鸭”“八鸭”。哪一种有多大分量，我现在已经记不清了。卖野鸭子都是带毛的。卖野鸭子的可以代客当场去毛，拔野鸭毛是不能用开水烫的。野鸭子皮薄，一烫，皮就破了。干拔。卖野鸭子的把一只鸭子放入一个麻袋里，一手提鸭，一手拔毛，一会儿就拔净了。——放在麻袋里拔，是防止鸭毛飞散。代客拔毛，不另收费，卖野鸭子的只要那一点鸭毛。——野鸭毛是值钱的。

野鸭的吃法通常是切块红烧。清炖大概也可以吧，我没有吃过。野鸭子肉的特点是：细、“酥”，不像家鸭每每肉老。野鸭烧咸菜是我们那里的家常菜。里面的咸菜尤其是佐粥的妙品。

现在我们那里的野鸭子很少了。前几年我回乡一次，偶有，卖得很贵。原因据说是因为县里对各乡水利作了全面综合治理，过去的水荡子、荒滩少了，野鸭子无处栖息。而且，野鸭子过去是吃收割后遗撒在田里的谷粒的，现在收割得很干净，颗粒归仓，野鸭子没有什么可吃的，不来了。

鹌鹑是网捕的。我们那里吃鹌鹑的人家少，因为这东西只有由乡下的亲戚送来，市面上没有卖的。鹌鹑大都是用五香卤了吃。也有用油炸了的。鹌鹑能斗，但我们那里无斗鹌鹑的风气。

我看见过猎人打斑鸠。我在读初中的时候。午饭后，我到学校后面的野地里去玩。野地里有小河，有野蔷薇、有金黄色的茼蒿花，有苍耳（苍耳子有小钩刺，能挂在衣裤上，我们管它叫“万把钩”），有才抽穗的芦荻。在一片树林里，我发现一个猎人。我们那里猎人很少，我从来没有见过猎人，但是我一看见他，就知道：他是一个猎人。这个猎人给我一个非常猛厉的印象。他穿了一身黑，下面却缠了鲜红的绑腿。他很瘦。他的眼睛黑，而冷。他握着枪。他在干什么？树林上面飞过一只斑鸠。他在追逐这只斑鸠。斑鸠分明已经发现猎人了。它想逃脱。斑鸠飞到北面，在树上落一落，猎人一步一步往北走。斑鸠连忙往南面飞，猎人扬头看了一眼，斑鸠落定了，猎人又一步一步往南走，非常冷静。这是一场无声的，然而非常紧张的、坚持的较量。斑鸠来回飞，猎人来回走。我很奇怪，为什么斑鸠不往树林外面飞。这样几个来回，斑鸠慌了神了，它飞得不稳了，歪歪倒倒的，失去了原来均匀的节奏。忽然，砰，——枪声一响，斑鸠应声而落。猎人走过去，拾起斑鸠，看了看，装在猎袋里。他的眼睛很黑，很冷。

我在小说《异秉》里提到王二的熏烧摊子上，春天，卖一种叫做“䳢”的野味。䳢这种东西我在别处没看见过。“䳢”这个字很多人也不认得。多数字典里不收。《辞海》里倒有这个字，标音为“duò”又读“zhuā”。zhuā与我乡读音较近，但我们那里是读入声的，这只有用国际音标才标得出来。即使用国际音标标出，在不知道“短促急收藏”的北方人也是读不出来的。《辞海》“䳢”字条下注云“见䳢鸠”，似以为“䳢”即“䳢鸠”。而在“䳢鸠”条下注云：“鸟名。雉属。即‘沙鸡’。”这就不对了。沙鸡我是见过的，吃过的。内蒙、张家口多出沙鸡。《尔雅·释鸟》郭璞注："出北方沙漠地"，不错。北京冬季偶尔也有卖的。沙鸡嘴短而红，腿也短。我们那里的鵽却是水鸟，嘴长，腿也长。鵽的滋味和沙鸡有天渊之别。沙鸡肉较粗，略带酸味；鵽肉极细，非常香。我一辈子没有吃过比鵽更香的野味。

蒌蒿·枸杞·荠菜·马齿苋

小说《大淖记事》："春初水暖，沙洲上冒出很多紫红色的芦芽和灰绿色的蒌蒿，很快就是一片翠绿了。"我在书页下方加了一条注："蒌蒿是生于水边的野草，粗如笔管，有节，生狭长的小叶，初生二寸来高，叫做'蒌蒿薹子'，加肉炒食极清香。……"蒌蒿的蒌字，我小时不知怎么写，后来偶然看了一本什么书，才知道的。这个字音"吕"。我小学有一个同班同学，姓吕，我们就给他起了个外号，叫"蒌蒿薹子"（蒌蒿薹子家开了一爿糖坊，小学毕业后未升学，我们看见他坐在糖坊里当小老板，觉得很滑稽）。但我查了几本字典、"蒌"都音"楼"，我有点恍惚了。"楼"、"吕"一声之转。许多从"娄"的字都读"吕"，如"屡"、"缕"、"褛"……这本来无所谓，读"楼"读"吕"，关系不大。但字典上都说蒌蒿是蒿之一种，即白蒿，我却有点不以为然了。我小说里写的蒌蒿和蒿其实不相干。读苏东坡《惠崇春江晚景》诗；"竹外桃花三两枝，春江水暖鸭先知。蒌蒿满地芦芽短，正是河豚欲上时。"此蒌蒿生于水边，与芦芽为伴，分明是我的家乡人所吃的蒌蒿，非白蒿。或者"即白蒿"的蒌蒿别是一种，未可知矣。深望懂诗、懂植物学，也懂吃的博雅君子有以教我。

我的小说注文中所说的“极清香”，很不具体。嗅觉和味觉是很难比方，无法具体的。昔人以为荔枝味似软枣，实在是风马牛不相及。我所谓“清香”，即食时如坐在河边闻到新涨的春水的气味。这是实话，并非故作玄言。

枸杞到处都有。开花后结长圆形的小浆果，即枸杞子。我们叫它“狗奶子”，形状颇像。本地产的枸杞子没有入药的，大概不如宁夏产的好。枸杞是多年生植物。春天，冒出嫩叶，即枸杞头。枸杞头是容易采到的。偶尔也有近城的乡村的女孩子采了，放在竹篮里叫卖：“枸杞头来！……”枸杞头可下油盐炒食；或用开水焯了，切碎，加香油、酱油、醋，凉拌了吃。那滋味，也只能说“极清香”。春天吃枸杞头，云可以清火，如北方人吃莴苣菜一样。

“三月三，荠菜花赛牡丹”，俗谓是日以荠菜花置灶上，则蚂蚁不上锅台。

北京也偶有荠菜卖。菜市上卖的是园子里种的，茎白叶大，颜色较野生者浅淡，无香气。农贸市场间有南方的老太太挑了野生的来卖，则又过于细瘦，如一团乱发，制熟后强硬扎嘴。总不如南方野生的有味。

江南人惯用荠菜包春卷，包馄饨，甚佳。我们家乡有用来包春卷的，用来包馄饨的没有，——我们家乡没有“菜肉馄饨”。一般是凉拌。荠菜焯熟剁碎，界首茶干切细丁，入虾米，同拌。这道菜是可以上酒席做凉菜的。酒席上的凉拌荠菜都用手抟成一座尖塔，临吃推倒。

马齿苋现在很少有人吃。古代这是相当重要的菜蔬。苋分人苋、马苋。人苋即今苋菜，马苋即马齿苋。我们祖母每于夏天摘肥嫩的马齿苋晾干，过年时作馅包包子。她是吃长斋的，这种包子只有她一个人吃。我有时从她的盘子里拿一个，蘸了香油吃，挺香。马齿苋有点淡淡的酸味。

马齿苋开花，花瓣如一小囊。我们有时捉了一个哑巴知了，——知了是应该会叫的，捉住一个哑巴，多么扫兴！于是就摘了两个马齿苋的花瓣套住它的眼睛，——马齿苋花瓣套知了眼睛正合适，一撒手，这知了就拼命往高处飞，一直飞到看不见！

三年自然灾害，我在张家口沙岭子吃过不少马齿苋。那时候，这是宝物！

故乡的野菜

荠菜。荠菜是野菜，但在我的家乡却是可以上席的。我们那里，一般的酒席，开头都有八个凉碟，在客人入席前即已摆好。通常是火腿、变蛋（松花蛋）、风鸡、酱鸭、油爆虾（或呛虾）、蚶子（是从外面运来的，我们那里不产）、咸鸭蛋之类。若是春天，就会有两样应时凉拌小菜：杨花萝卜（即北京的小水萝卜）切细丝拌海蜇，和拌荠菜。荠菜焯过，碎切，和香干细丁同拌，加姜米，浇以麻油酱醋，或用虾米，或不用，均可。这道菜常抟成宝塔形，临吃推倒，拌匀。拌荠菜总是受欢迎的，吃个新鲜。凡野菜，都有一种园种的蔬菜所缺少的清香。

荠菜大都是凉拌，炒荠菜很少人吃。荠菜可包春卷，包圆子（汤团）。江南人用荠菜包馄饨，称为菜肉馄饨，亦称“大馄饨”。我们那里没有用荠菜包馄饨的。我们那里的面店中所卖的馄饨都是纯肉馅的馄饨，即江南所说的“小馄饨”，没有“大馄饨”。我在北京的一家有名的家庭餐馆吃过这一家的一道名菜：翡翠蛋羹。一个汤碗里一边是蛋羹，一边是荠菜，一边嫩黄，一边碧绿，绝不混淆，吃时搅在一起。这种讲究的吃法，我们家乡没有。

枸杞头。春天的早晨，尤其是下了一场小雨之后，就可听到叫卖枸杞头的声音。卖枸杞头的多是附郭近村的女孩子，声音很脆，极能传远："卖枸杞头来！"枸杞头放在一个竹篮子里，一种长圆形的竹篮，叫做元宝篮子。枸杞头带着雨水，女孩子的声音也带着雨水。枸杞头不值什么钱，也从不用秤约，给几个钱，她们就能把整篮子倒给你。女孩子也不把这当作正经买卖，卖一点钱，够打一瓶梳头油就行了。

自己去摘，也不费事。一会儿工夫，就能摘一堆。枸杞到处都是。我的小学的操场原是祭天地的空地，叫作"天地坛"。天地坛的四边围墙的墙根，长的都是这东西。枸杞夏天开小白花，秋天结很多小果子，即枸杞子，我们小时候叫它"狗奶子"，因为很像狗的奶子。

枸杞头也都是凉拌，清香似尤甚于荠菜。

蒌蒿。小说《大淖记事》：春初水暖，沙洲上冒出很多紫红色的芦芽和灰绿色的蒌蒿，很快就是一片翠绿了。"我在书页下面加了一条注："蒌蒿是生于水边的野草，粗如笔管，有节、生狭长的小叶，初生二寸来高，叫作蒌蒿薹子，加肉炒极清香。……"蒌蒿，字典上都注"蒌"音楼，蒿之一种，即白蒿。我以为蒌蒿不是蒿之一种，蒌蒿掐断，没有那种蒿子气，倒是有一种水草气。苏东坡诗："蒌蒿满地芦芽短"，以蒌蒿与芦芽并举，说明是水边的植物，就是我的家乡所说"蒌蒿薹子"。"蒌"字我的家乡不读楼，读吕。蒌蒿好像都是和瘦猪肉同炒，素炒好像没有。我小时候非常爱吃炒蒌蒿薹子。桌上有一盘炒蒌蒿薹子，我就非常兴奋，胃口大开。蒌蒿薹子除了清香，还有就是很脆，嚼之有声。

荠菜、枸杞我在外地偶尔吃过，蒌蒿薹子自十九岁离乡后从未吃过，非常想念。去年我的家乡有人开了汽车到北京来办事，我的弟妹托他们带了一塑料袋蒌蒿薹子来，因为路上耽搁，到北京时已经焐坏了。我挑了一些还不太烂的，炒了一盘，还有那么一点意思。

马齿苋。中国古代吃马齿苋是很普遍的，马苋与人苋（即红白苋菜）并提。后来不知怎么吃的人少了。我的祖母每年夏天都要摘一些马齿苋，晾干了，过年包包子。我的家乡普通人家平常是不包包子的，只有过年才包，自己家里人吃，有客人来蒸一盘待客。不是家里人包的。一般的家庭妇女不会包，都是备了面、馅，请包子店里的师傅到家里做，做一上午，就够正月里吃了。我的祖母吃长斋，她的马齿苋包子只有她自己吃。我尝过一个，马齿苋有点酸酸的味道，不难吃，也不好吃。

马齿苋南北皆有。我在北京的甘家口住过，离玉渊潭很近，玉渊潭马齿苋极多。北京人叫作马苋儿菜，吃的人很少。养鸟的拔了喂画眉。据说画眉吃了能清火。画眉还会有“火”吗？

莼菜。第一次喝莼菜汤是在杭州西湖的楼外楼，一九四八年四月。这以前我没有吃过莼菜，也没有见过。我的家乡人大都不知莼菜为何物，但是秦少游有《以莼姜法鱼糟蟹寄子瞻》诗，则高邮原来是有莼菜的。诗最后一句是“泽居备礼无麇鹿”，秦少游当时盖在高邮居住，送给苏东坡的是高邮的土产。高邮现在还有没有莼菜，什么时候回高邮，我得调查调查。

明朝的时候，我的家乡出过一个散曲作家王磐。王磐字鸿渐，号西楼，散曲作品有《西楼乐府》。王磐当时名声很大，与散曲大家陈大声并称为“南曲之冠”。王西楼还是画家。高邮现在还有一句歇后语：“王西楼嫁女儿——画（话）多银子少。”王西楼有一本有点特别的著作：《野菜谱》。《野菜谱》收野菜五十二种。五十二种中有些我是认识的，如白鼓钉（蒲公英）、蒲儿根、马兰头、青蒿儿（即茵陈蒿）、枸杞头、野菉豆、蒌蒿、荠菜儿、马齿苋、灰条。江南人重马兰头。小时读周作人的《故乡的野菜》，提到儿歌：“荠菜马兰头，姐姐嫁在后门头”，很是向往，但是我的家乡是不大有人吃的。灰条的“条”字，正字应是“藋”，通称灰菜。这东西我的家乡不吃。我第一次吃灰菜是在一个山东同学的家里，蘸了稀面，蒸熟，就烂蒜，别具滋味。后来在昆明黄土坡一中学教书，学校发不出薪水，我们时常断炊，就掳了灰菜来炒了吃。在北京我也摘过灰菜炒食。有一次发现钓鱼台国宾馆的墙外长了很多灰菜，极肥嫩，就弯下腰来摘了好些，装在书包里。

门卫发现，走过来问：“你干什么？”他大概以为我在埋定时炸弹。

我把书包里的灰菜抓出来给他看，他没有再说什么，走开了。灰菜有点碱味，我很喜欢这种味道。王西楼《野菜谱》中有一些，我不但没有吃过，见过，连听都没听说过，如：“燕子不来香”“油灼灼”……

《野菜谱》上图下文。图画的是这种野菜的样子，文则简单地说这种野菜的生长季节，吃法。文后皆系以一诗，一首近似谣曲的小乐府，都是借题发挥，以野菜名起兴，写人民疾苦。如：

眼子菜

眼子菜，如张目，年年盼春怀布谷，犹向秋来望时熟。何事频年倦不开，愁看四野波漂屋。

猫耳朵

猫耳朵，听我歌，今年水患伤田禾，仓廪空虚鼠弃窝，猫兮猫兮将奈何！

江荠

江荠青青江水绿，江边挑菜女儿哭。爷娘新死兄趁熟，止存我与妹看屋。

抱娘蒿

抱娘篙，结根牢，解不散，如漆胶。君不见昨朝儿卖客船上，儿抱娘哭不肯放。

这些诗的感情都很真挚，读之令人酸鼻。我的家乡本是个穷地方，灾荒很多，主要是水灾，家破人亡，卖儿卖女的事是常有的，我小时就见过。现在水利大有改进，去年那样的特大洪水，也没死一个人，王西楼所写的悲惨景象不复存在了。想到这一点，我为我的家乡感到欣慰。过去，我的家乡人吃野菜主要是为了度荒，现在吃野菜则是为了尝新了。噢，我的家乡的野菜！

一九九二年四月十四日

故乡的元宵

故乡的元宵是并不热闹的。

没有狮子、龙灯，没有高跷，没有跑旱船，没有“大头和尚戏柳翠”，没有花担子、茶担子。这些都在七月十五“迎会”——赛城隍时才有，元宵是没有的。很多地方兴“闹元宵”，我们那里的元宵却是静静的。

有几年，有送麒麟的。上午，三个乡下的汉子，一个举着麒麟，——一张长板凳，外面糊纸扎的麒麟，一个敲小锣，一个打镲，咚咚哨哨敲一气，齐声唱一些吉利的歌。每一段开头都是“格炸炸”：

格炸炸，格炸炸，

麒麟送子到你家……

我对这“格炸炸”印象很深。这是什么意思呢？这是状声词？状的什么声呢？送麒麟的没有表演，没有动作，曲调也很简单。送麒麟的来了，一点也不叫人兴奋，只听得一连串的“格炸炸”。“格炸炸”完了，祖母就给他们一点钱。

街上掷骰子“赶老羊”的赌钱的摊子上没有人。六颗骰子静静地在大碗底卧着。摆赌摊的坐在小板凳上抱着膝盖发呆。年快过完了，准备过年输的钱也输得差不多了，明天还有事，大家都没有赌兴。

草巷口有个吹糖人的。孙猴子舞大刀、老鼠偷油。

北市口有个捏面人的。青蛇、白蛇、老渔翁。老渔翁的蓑衣是从药店里买来的夏枯草做的。

到天地坛看人拉“天嗡子”——即抖空竹，拉得很响，天嗡子蛮牛似的叫。

到泰山庙看老妈妈烧香。一个老妈妈鞋底有牛屎，干了。

一天快过去了。

不过元宵要等到晚上，上了灯，才算。元宵元宵嘛。我们那里一般不叫元宵，叫灯节。灯节要过几天，十三上灯，十七落灯。“正日子”是十五。

各屋里的灯都点起来了。大妈（大伯母）屋里是四盏玻璃方灯。二妈屋里是画了红寿字的白明角琉璃方灯，还有一张珠子灯。我的继母屋里点的是红琉璃泡子。一屋子灯光，明亮而温柔，显得很吉祥。

上街去看走马灯。连万顺家的走马灯很大。“乡下人不识走马灯，——又来了。”走马灯不过是来回转动的车、马、人（兵）的影子，但也能看它转几圈。后来我自己也动手做了一个，点了蜡烛，看着里面的纸轮一样转了起来，外面的纸屏上一样映出了影子，很欣喜。乾陞和的走马灯并不“走”，只是一个长方的纸箱子，正面白纸上有一些彩色的小人，小人连着一根头发丝，烛火烘热了发丝，小人的手脚会上下动。它虽然不“走”，我们还是叫它走马灯。要不，叫它什么灯呢？这外面的小人是唐僧、孙悟空、猪八戒、沙和尚。整个画面表现的是《西游记》唐僧取经。

孩子有自己的灯。兔子灯、绣球灯、马灯……兔子灯大都是自己动手做的。下面安四个轱辘，可以拉着走。兔子灯其实不大像兔子，脸是圆的，眼睛是弯弯的，像人的眼睛，还有两道弯弯的眉毛！绣球灯、马灯都是买的。绣球灯是一个多面的纸扎的球，有一个篾制的架子，架子上有一根竹竿，架子下有两个轱辘，手执竹竿，向前推移，球即不停滚动。马灯是两段，一个马头，一个马屁股，用带子系在身上。西瓜灯、虾蟆灯、鱼灯，这些手提的灯，是小小孩玩的。

有一个习俗可能是外地所没有的：看围屏。硬木长方框，约三尺高，尺半宽，镶绢，上画工笔的演义小说人物故事，灯节前装好，一堂围屏约三十幅，屏后点蜡烛。这实际上是照得透亮的连环画。看围屏有两处，一处在炼阳观的偏殿，一处在附设在城隍庙里的火神庙。炼阳观画的是《封神榜》，火神庙画的是《三国》。围屏看了多少年，但还是年年看。好像不看围屏就不算过灯节似的。

街上有人放花。有人放高升（起火），不多的几支。起火升到天上，嗤——灭了。天上有一盏红灯笼。竹篾为骨，外糊红纸，一个长方的筒，里面点了蜡烛，放到天上，灯笼是很好放的，连脑线都不用，在一个角上系上线，就能飞上去。灯笼在天上微微飘动，不知道为什么，看了使人有一点薄薄的凄凉。

年过完了，明天十六，所有店铺就“大开门”了。我们那里，初一到初五，店铺都不开门。初六打开两扇排门，卖一点市民必需的东西，叫作“小开门”。十六把全部排门卸掉，放一挂鞭，几个炮仗，叫作“大开门”，开始正常营业。年，就这样过去了。

一九九三年二月十二日

肉食者不鄙

狮子头

狮子头是淮安菜。猪肉肥瘦各半，爱吃肥的亦可肥七瘦三，要“细切粗斩”，如石榴米大小（绞肉机绞的肉末不行），荸荠切碎，与肉末同拌，用手抟成招柑大的球，入油锅略炸，至外结薄壳，捞出，放进水锅中，加酱油、糖，慢火煮，煮至透味，收汤放入深腹大盘。

狮子头松而不散，入口即化，北方的“四喜丸子”不能与之相比。

周总理在淮安住过，会做狮子头，曾在重庆红岩八路军办事处做过一次，说：“多年不做了，来来来，尝尝！”想必做得很成功，因为语气中流露出得意。

我在淮安中学读过一个学期，食堂里有一次做狮子头，一大锅油，狮子头像炸麻团似的在油里翻滚，捞出，放在碗里上笼蒸，下衬白菜。一般狮子头多是红烧，食堂所做却是白汤，我觉最能存其本味。

镇江肴蹄

镇江肴蹄，盐渍，加硝，放大盆中，以巨大石块压之，至肥瘦肉都已板实，取出，煮熟，晾去水气，切厚片，装盘。瘦肉颜色殷红，肥肉白如羊脂玉，入口不腻。

吃肴肉，要蘸镇江醋，加嫩姜丝。

乳腐肉

乳腐肉是苏州松鹤楼的名菜，制法未详。我所做乳腐肉乃以意为之。猪肋肉一块，煮至六七成熟，捞出，俟冷，切大片，每片须带肉皮、肥瘦肉，用煮肉原汤入锅，红乳腐碾烂，加冰糖、黄酒，小火焖。乳腐肉嫩如豆腐，颜色红亮，下饭最宜。汤汁可蘸银丝卷。

腌笃鲜

上海菜。鲜肉和咸肉同炖，加扁尖笋。

东坡肉

浙江杭州、四川眉山，全国到处都有东坡肉。苏东坡爱吃猪肉，见于诗文。东坡肉其实就是红烧肉，功夫全在火候。先用猛火攻，大滚儿开，即加作料，用微火慢炖，汤汁略起小泡即可。东坡论煮肉法，云须忌水，不得已时可以浓茶烈酒代之。完全不加水是不行的，会焦煳粘锅，但水不能多。要加大量黄酒。扬州炖肉，还要加一点高粱酒。加浓茶，我试过，也吃不出有什么特殊的味道。

传东坡有一首诗："无竹令人俗，无肉令人瘦。若要不俗与不瘦，除非天天笋烧肉。"未必可靠，但苏东坡有时是会写这种打油体的诗的。冬笋烧肉，是很好吃。我的大姑妈善做这道菜，我每次到姑妈家，她都做。

霉干菜烧肉

这是绍兴菜，全国各处皆有，但不似绍兴人三天两头就要吃一次，鲁迅一辈子大概都离不开霉干菜。《风波》里所写的蒸得乌黑的霉干菜很诱人，那大概是不放肉的。

黄鱼鲞烧肉

宁波人爱吃黄鱼鲞（黄鱼干）烧肉，广东人爱吃咸鱼烧肉，这都是外地人所不能理解的口味，其实这种搭配是很有道理的。近几年因为违法乱捕，黄鱼产量锐减，连新鲜黄鱼都很难吃到，更不用说黄鱼鲞了。

火腿

浙江金华火腿和云南宣威火腿风格不同。金华火腿味清，宣威火腿味重。

昆明过去火腿很多，哪一家饭铺里都能吃到火腿。昆明人爱吃肘棒的部位，横切成圆片，外裹一层薄皮，里面一圈肥肉，当中是瘦肉，叫作“金钱片腿”。正义路有一家火腿庄，专卖火腿，除了整只的、零切的火腿，还可以买到火腿脚爪，火腿油。火腿油炖豆腐很好吃。护国路原来有一家本地馆子，叫“东月楼”，有一道名菜“锅贴乌鱼”，乃以乌鱼片两片，中夹火腿一片，在平底铛上烙熟，味道之鲜美，难以形容。前年我到昆明去，向本地人问起东月楼，说是早就没有了，“锅贴乌鱼”遂成《广陵散》。

华山南路吉庆祥的火腿月饼，全国第一。一个重旧秤四两，名曰“四两砣”。吉庆祥还在，而且有了分号，所制四两砣不减当年。

腊肉

湖南人爱吃腊肉。农村人家杀了猪，大部分都腌了，挂在厨灶房梁上，烟熏成腊肉。我不怎样爱吃腊肉，有一次在长沙一家大饭店吃了一回蒸腊肉，这盘腊肉真叫好。通常的腊肉是条状，切片不成形，这盘腊肉却是切成颇大的整齐的方片，而且蒸得极烂，我没有想到腊肉能蒸得这样烂！入口香糯，真是难得。

夹沙肉·芋泥肉

夹沙肉和芋泥肉都是甜的，夹沙肉是川菜，芋泥肉是广西菜。厚膘臀尖肉，煮半熟，捞出，沥去汤，过油灼肉皮起泡，候冷，切大片，两片之间不切通，夹入豆沙，装碗笼蒸，蒸至四川人所说“粑而不烂”倒扣在盘里，上桌，是为夹沙肉。芋泥肉做法与夹沙肉相似，芋泥较豆沙尤为细腻，且有芋香，味较夹沙肉更胜一筹。

白肉火锅

白肉火锅是东北菜。其特点是肉片极薄，是把大块肉冻实了，用刨子刨出来的，故入锅一涮就熟，很嫩。白肉火锅用海蛎子（蚝）作锅底，加酸菜。

烤乳猪

烤乳猪原来各地都有，清代满汉餐席上必有这道菜，后来别处渐渐没有，只有广东一直盛行，大饭店或烧腊摊上的烤乳猪都很好。烤乳猪如果抹一点甜面酱卷薄饼吃，一定不亚于北京烤鸭。可惜广东人不大懂得吃饼，一般烤乳猪只作为冷盘。

一九九二年九月九日

四方食事

口味

“口之于味，有同嗜焉”。好吃的东西大家都爱吃。宴会上有烹大虾（得是极新鲜的），大都剩不下。但是也不尽然。羊肉是很好吃的，“羊大为美”。中国人吃羊肉的历史大概和这个民族的历史同样久远。中国羊肉的吃法很多，不能列举。我以为最好吃的是手把羊肉。维吾尔、哈萨克都有手把羊肉，但似以内蒙为最好。内蒙很多盟旗都说他们那里的羊肉不膻，因为羊吃了草原上的野葱，生前已经自己把膻味解了。我以为不膻固好，膻亦无妨。我曾在达茂旗吃过“羊贝子”，即白煮全羊。整只羊放在锅里只煮四十五分钟（为了照顾远来的汉人客人，多煮了十五分钟，他们自己吃，只煮半小时），各人用刀割取自己中意的部位，蘸一点作料（原来只备一碗盐水，近年有了较多的作料）吃。羊肉带生，一刀切下去，会汪出一点血，但是鲜嫩无比。内蒙人说，羊肉越煮越老，半熟的，才易消化，也能多吃。我几次到内蒙，吃羊肉吃得非常过瘾。同行有一位女同志，不但不吃，连闻都不能闻。一走进食堂，闻到羊肉气味就想吐。她只好每顿用开水泡饭，吃咸菜，真是苦煞。全国不吃羊肉的人，不在少数。

“鱼羊为鲜”，有一位老同志是获鹿县人，是回民，他倒是吃羊肉的，但是一生不解何所谓鲜。他的爱人是南京人，动辄说：“这个菜很鲜。”他说：“什么叫‘鲜’？我只知道什么东西吃着‘香’。”要解释什么是“鲜”，是困难的。我的家乡以为最能代表鲜味的是虾子。虾子冬笋、虾子豆腐羹，都很鲜。虾子放得太多，就会“鲜得连眉毛都掉了”的。我有个小孙女，很爱吃我配料煮的龙须挂面。有一次我放了虾子，她尝了一口，说“有股什么味！”不吃。

中国不少省份的人都爱吃辣椒。云、贵、川、黔、湘、赣。延边朝鲜族也极能吃辣。人说吃辣椒爱上火。井冈山人说：“辣子冇补（没有营养），两头受苦。”我认识一个演员，他一天不吃辣椒，就会便秘！我认识一个干部，他每天在机关吃午饭，什么菜也不吃，只带了一小饭盒油炸辣椒来，吃辣椒下饭，顿顿如此。此人真是个吃辣椒专家，全国各地的辣椒，都设法弄了来吃。据他的品评，认为土家族的最好。有一次他带了一盒饭来，让我尝尝，真是又辣又香。然而有人是不吃辣的。我曾随剧团到重庆体验生活。四川无菜不辣，有人实在受不了。有一个演员带了几个年轻的女演员去吃汤圆，一个唱老旦的演员进门就嚷嚷：“不要辣椒！”卖汤圆的白了她一眼：“汤圆没有放辣椒的！”

北方人爱吃生葱生蒜。山东人特爱吃葱，吃煎饼、锅盔，没有葱是不行的。有一个笑话：婆媳吵嘴，儿媳妇跳了井。儿子回来，婆婆说：

“可了不得啦，你媳妇跳井啦！”儿子说：“不咋！”拿了一根葱在井口逛了一下，媳妇就上来了。山东大葱的确很好吃，葱白长至半尺，是甜的。江浙人不吃生葱蒜，做鱼肉时放葱，谓之“香葱”，实即北方的小葱，几根小葱，挽成一个疙瘩，叫做“葱结”。他们把大葱叫做“胡葱”，即做菜时也不大用。有一个著名女演员，不吃葱，她和大家一同去体验生活，菜都得给她单做。“文化大革命”斗她的时候，这成了一条罪状。北方人吃炸酱面，必须有几瓣蒜。在长影拍片时，有一天我起晚了，早饭已经开过，我到厨房里和几位炊事员一块吃。那天吃的是炸油饼，他们吃油饼就蒜。我说：“吃油饼哪有就蒜的！”一个河南籍的炊事员说：“嘿！你试试！”果然，“另一个味儿”。我前几年回家乡，接连吃了几天鸡鸭鱼虾，吃腻了，我跟家里人说：“给我下一碗阳春面，弄一碟葱，两头蒜来。”家里人看我生吃葱蒜，大为惊骇。

有些东西，本来不吃，吃吃也就习惯了。我曾经夸口，说我什么都吃，为此挨了两次捉弄。一次在家乡。我原来不吃芫荽（香菜），以为有臭虫味。一次，我家所开的中药铺请我去吃面，——那天是药王生日，铺中管事弄了一大碗凉拌芫荽，说：“你不是什么都吃吗？”我一咬牙吃了。从此，我就吃芫荽了。来北地，每吃涮羊肉，调料里总要撒上大量芫荽。一次在昆明。苦瓜，我原来也是不吃的，——没有吃过。我们家乡有苦瓜，叫作癞葡萄，是放在瓷盘里看着玩，不吃的。有一位诗人请我下小馆子，他要了三个菜：凉拌苦瓜、炒苦瓜、苦瓜汤。他说：“你不是什么都吃吗？”从此，我就吃苦瓜了。北京人原来是不吃苦瓜的，近年也学会吃了。不过他们用凉水连“拔”三次，基本上不苦了，那还有什么意思！

有些东西，自己尽可不吃，但不要反对旁人吃。不要以为自己不吃的东西，谁吃，就是岂有此理。比如广东人吃蛇，吃龙虱；傣族人爱吃苦肠，即牛肠里没有完全消化的粪汁，蘸肉吃。这在广东人、傣族人，是没有什么奇怪的。他们爱吃，你管得着吗？不过有些东西我也以为不吃为宜，比如炒肉芽——腐肉所生之蛆。

总之，一个人的口味要宽一点、杂一点，“南甜北咸东辣西酸”，都去尝尝。对食物如此，对文化也应该这样。

切脍

《论语·乡党》：“食不厌精，脍不厌细”，中国的切脍不知始于何时。孔子以“食”“脍”对举，可见当时是相当普遍的。北魏贾思勰《齐民要术》提到切脍。唐人特重切脍，杜甫诗累见。宋代切脍之风亦盛。《东京梦华录·三月一日开金明池琼林苑》：“多垂钓之士，必于池苑所买牌子，方许捕鱼。游人得鱼，倍其价买之。临水斫脍，以荐芳樽，乃一时佳味也。”元代，关汉卿曾写过“望江亭中秋切脍”。明代切脍，也还是有的，但《金瓶梅》中未提及，很奇怪。《红楼梦》也没有提到。到了近代，很多人对切脍是怎么回事，都茫然了。

脍是什么？杜诗邵注：“鲙，即今之鱼生、肉生。”更多指鱼生，脍的繁体字是“鲙”，可知。

杜甫《阌乡姜七少府设鲙戏赠长歌》对切脍有较详细的描写。脍要切得极细，“脍不厌细”，杜诗亦云：“无声细下飞碎雪。”脍是切

三杯不記主人誰
子愷

片还是切丝呢？段成式《酉阳杂俎·物革》云：“进士段硕常识南孝廉者，善斫脍，縠薄丝缕，轻可吹起。”看起来是片和丝都有的。切脍的鱼不能洗。杜诗云：“落砧何曾白纸湿”，邵注：“凡作鲙，以灰去血水，用纸以隔之”，大概是隔着一层纸用灰吸去鱼的血水。《齐民要术》：“切鲙不得洗，洗则鲙湿。”加什么佐料？一般是加葱的，杜诗：“有骨已剁觜春葱。”《内则》：“鲙，春用葱，夏用芥。”葱是葱花，不会是葱段。至于下不下盐或酱油，乃至酒、酢，则无从臆测，想来总得有点咸味，不会是淡吃。

切脍今无实物可验。杭州楼外楼解放前有名菜醋鱼带靶。所谓“带靶”，即将活草鱼的脊背上的肉剔下，切成极薄的片，浇好酱油，生吃。我以为这很近乎切脍。我在一九四七年春天曾吃过，极鲜美。这道菜听说现在已经没有了，不知是因为有碍卫生，还是厨师无此手艺了。

日本鱼生我未吃过。北京西四牌楼的朝鲜冷面馆卖过鱼生、肉生。鱼生乃切成一寸见方、厚约二分的鱼片，蘸极辣的作料吃。这与“縠薄丝缕”的切脍似不是一回事。

与切脍有关联的，是“生吃螃蟹活吃虾”。生螃蟹我未吃过，想来一定非常好吃。活虾我可吃得多了。前几年回乡，家乡人知道我爱吃“呛虾”，于是餐餐有呛虾。我们家乡的呛虾是用酒把白虾（青虾不宜生吃）“醉”死了的。解放前杭州楼外楼呛虾，是酒醉而不待其死，活虾盛于大盘中，上覆大碗，上桌揭碗，虾蹦得满桌，客人捉而食之。用广东话说，这才真是“生猛”。听说楼外楼现在也不卖呛虾了，惜哉！

下生蟹活虾一等的，是将虾蟹之属稍加腌制。宁波的梭子蟹是用盐腌过的，醉蟹、醉泥螺、醉蚶子、醉蛏鼻，都是用高粱酒“醉”过的，但这些都还是生的。因此，都很好吃。

我以为醉蟹是天下第一美味。家乡人贻我醉蟹一小坛。有天津客人来，特地为他剁了几只。他吃了一小块，问："是生的？"就不敢再吃。

"生的"，为什么就不敢吃呢？法国人、俄罗斯人，吃牡蛎，都是生吃。我在纽约南海岸吃过鲜蚌，那绝对是生的，刚打上来的，而且什么作料都不搁，经我要求，服务员才给了一点胡椒粉。好吃吗？好吃极了！

为什么"切脍"、生鱼活虾好吃？曰：存其本味。

我以为"切脍"之风，可以恢复。如果觉得这不卫生，可以仿照纽约南海岸的办法：用"远红外"或什么东西处理一下，这样既不失本味，又无致病之虞。如果这样还觉得"膈应"、吞不下，吞下要反出来，那完全是观念上的问题。当然，我也不主张普遍推广，可以满足少数老饕的欲望，"内部发行"。

河豚

阅报，江阴有人食河豚中毒，经解救，幸得不死。杨花扑面，节近清明，这使我想起，正是吃河豚的时候了。苏东坡诗：

竹外桃花三两枝，
春江水暖鸭先知。

蒌蒿满地芦芽短，
正是河豚欲上时。

梅圣俞诗：

河豚当此时，
贵不数鱼虾。

宋朝人是很爱吃河豚的，没有真河豚，就用了不知什么东西做出河豚的样子和味道，谓之“假河豚”，聊以过瘾，《东京梦华录》等书都有记载。

江阴当长江入海处不远，产河豚最多，也最好。每年春天，鱼市上有很多河豚卖。河豚的脾气很大，用小木棍捅捅它，它就把肚子鼓起来，再捅，再鼓，终至成了一个圆球。江阴河豚品种极多。我所就读的南菁中学的生物实验室里搜集了各种河豚，浸在装了福尔马林的玻璃器内。有的很大，有的小如金钱龟。颜色也各异，有带青绿色的，有白的，还有紫红的。这样齐全的河豚标本，大概只有江阴的中学才能搜集得到。

河豚有剧毒。我在读高中一年级时，江阴乡下出了一件命案，“谋杀亲夫”。“奸夫”“淫妇”在游街示众后，同时枪决。毒死亲夫的东西，即是一条煮熟的河豚。因为是“花案”，那天街的两旁有很多人鹄立伫观。但是实在没有什么好看，奸夫淫妇都蠢而且丑，奸夫还是个黑脸的麻子。这样的命案，也只能出在江阴。

但是河豚很好吃，江南谚云：“拼死吃河豚”，豁出命去，也要吃，可见其味美。据说整治得法，是不会中毒的。我的几个同学都曾约定请我上家里吃一次河豚，说是“保证不会出问题”。江阴正街上有一饭馆，是卖河豚的。这家饭馆有一块祖传的木板，刷印保单，内容是如果在他家铺里吃河豚中毒致死，主人可以偿命。

河豚之毒在肝脏、生殖腺和血，这些可以小心地去掉。这种办法有例可援，即“洁本金瓶梅”是。

我在江阴读书两年，竟未吃过河豚，至今引为憾事。

野菜

春天了，是挖野菜的时候了。踏青挑菜，是很好的风俗。人在屋里闷了一冬天，尤其是妇女，到野地里活动活动，呼吸一点新鲜空气，看看新鲜的绿色，身心一快。

南方的野菜，有枸杞、荠菜、马兰头……北方野菜则主要的是苣荬菜。枸杞、荠菜、马兰头用开水焯过，加酱油、醋、香油凉拌。苣荬菜则是洗净，去根，蘸甜面酱生吃。或曰吃野菜可以“清火”，有一定道理。野菜多半带一点苦味，凡苦味菜，皆可清火，但是更重要的是吃个新鲜。有诗人说：“这是吃春天。”这话说得有点做作，但也还说得过去。

敦煌变文、《云谣集杂曲子》、打枣杆、挂枝儿、吴歌，乃至《白雪遗音》等等，是野菜。因为它新鲜。

一九八九年四月十八日

贴秋膘

人到夏天，没有什么胃口，饭食清淡简单，芝麻酱面（过水，抓一把黄瓜丝，浇点花椒油）；烙两张葱花饼，熬点绿豆稀粥……两三个月下来，体重大都要减少一点。秋风一起，胃口大开，想吃点好的，增加一点营养，补偿补偿夏天的损失，北方人谓之“贴秋膘”。

北京人所谓“贴秋膘”有特殊的含意，即吃烤肉。

烤肉大概源于少数民族的吃法。日本人称烤羊肉为“成吉思汗料理”（青木正儿《中华腌菜谱》里提到），似乎这是蒙古人的东西。但我看《元朝秘史》，并没有看到烤肉。成吉思汗当然是吃羊肉的，“秘史”里几次提到他到了一个什么地方，吃了一只“双母乳的羊羔”。羊羔而是“双母乳”（两只母羊喂奶）的，想必十分肥嫩。一顿吃一只羊羔，这食量是够可以的。但似乎只是白煮，即便是烤，也会是整只地烤，不会像北京的烤肉一样。如果是北京的烤肉，他吃起来大概也不耐烦，觉得不过瘾。我去过内蒙几次，也没有在草原上吃过烤肉。那么，这是不是蒙古料理，颇可存疑。北京卖烤肉的，都是回民馆子。“烤肉宛”原来有齐白石写的一块小匾，写得明白：“清真烤肉宛”，这块匾是写在宣纸上的，嵌在镜框里，字写得很好，后面还加了两行注脚：“诸书无烤字，应人所请自我作古。”我曾写信问过语言文字学家朱德熙，是不是古代没有“烤”字，德熙复信说古代字书上确实没有这个字。看来“烤”字是近代人造出来的字了。这是不是回民的吃法？我到过回民集中的兰州，到过新疆的乌鲁木齐、伊犁、吐鲁番，都没有见到如北京烤肉一样的烤肉。烤羊肉串是到处有的，但那是另外一种。北京的烤肉起源于何时，原是哪个民族的，已不可考。反正它已经在北京生根落户，成了北京“三烤”（烤肉，烤鸭，烤白薯）之一，是“北京吃儿”的代表作了。

北京烤肉是在“炙子”上烤的。“炙子”是一根一根铁条钉成的圆板，下面烧着大块儿的劈柴，松木或果木。羊肉切成薄片（也有烤牛肉的，少），由堂倌在大碗里拌好佐料——酱油、香油、料酒、大量的香菜，加一点水，交给顾客，由顾客用长筷子平摊在炙子上烤。“炙子”的铁条之间有小缝，下面的柴烟火气可以从缝隙中透上来，不但整个“炙子”受火均匀，而且使烤着的肉带柴木清香；上面的汤卤肉屑又可填入缝中，增加了烤炙的焦香。过去吃烤肉都是自己烤。因为炙子颇高，只能站着烤，或一只脚踩在长凳上。大火烤着，外面的衣裳穿不住，大都脱得只穿一件衬衫。足蹬长凳，解衣磅礴，一边大口地吃肉，一边喝白酒，很有点剽悍豪霸之气。满屋子都是烤炙的肉香，这气氛就能使人增加三分胃口。平常食量，吃一斤烤肉，问题不大。吃斤半，二斤，二斤半的，有的是。自己烤，嫩一点，焦一点，可以随意。而且烤本身就是个乐趣。

北京烤肉有名的三家：烤肉季，烤肉宛，烤肉刘。烤肉宛在宣武门里，我住在国会街时，几步就到了，常去。有时懒得去等炙子（因为顾客多，炙子常不得空），就派一个孩子带个饭盒烤一饭盒，买几个烧饼，一家子一顿饭，就解决了。烤肉宛去吃过的名人很多。除了齐白石写的一块匾，还有张大千写的一块。梅兰芳题了一首诗，记得第一句是“宛家烤肉旧驰名”，字和诗当然是许姬传代笔。烤肉季在什刹海，烤肉刘在虎坊桥。

从前北京人有到野地里吃烤肉的风气。玉渊潭就是个吃烤肉的地方。一边看看野景，一边吃着烤肉，别是一番滋味。听玉渊潭附近的老住户说，过去一到秋天，老远就闻到烤肉香味。

北京现在还能吃到烤肉，但都改成由服务员代烤了端上来，那就没劲了。我没有去过。内蒙也有“贴秋膘”的说法，我在呼和浩特就听到过。不过似乎只是汉族干部或说汉语的蒙族干部这样说。蒙语有没有这说法，不知道。呼市的干部很愿意秋天“下去”考察工作或调查材料。别人就会说：“哪里是去考察、调查，是去‘贴秋膘’去了。”呼市干部所说“贴秋膘”是说下去吃羊肉去了。但不是去吃烤肉，而是去吃手把羊肉。到了草原，少不了要吃几顿羊肉。有客人来，杀一只羊，这在牧民实在不算什么。关于手把羊肉，我曾写过一篇文章，收入《蒲桥集》，兹不重述。那篇文章漏了一句很重要的话，即羊肉要秋天才好吃，大概要到阴历九月，羊才上膘，才肥。羊上了膘，人才可以去“贴”。

泡茶馆

“泡茶馆”是联大学生特有的语言。本地原来似无此说法，本地人只说“坐茶馆”。“泡”是北京话。其含义很难准确地解释清楚。勉强解释，只能说是持续长久地沉浸其中，像泡泡菜似的泡在里面。“泡蘑菇”“穷泡”，都有长久的意思。北京的学生把北京的“泡”字带到了昆明，和现实生活结合起来，便创造出一个新的语词。“泡茶馆”，即长时间地在茶馆里坐着。本地的“坐茶馆”也含有时间较长的意思。到茶馆里去，首先是坐，其次才是喝茶（云南叫吃茶）。不过联大的学生在茶馆里坐的时间往往比本地人长，长得多，故谓之“泡”。

有一个姓陆的同学，是一怪人，曾经骑自行车旅行半个中国。这人真是一个泡茶馆的冠军。他有一个时期，整天在一家熟识的茶馆里泡着。他的盥洗用具就放在这家茶馆里。一起来就到茶馆里去洗脸刷牙，然后坐下来，泡一碗茶，吃两个烧饼，看书。一直到中午，起身出去吃午饭。吃了饭，又是一碗茶，直到吃晚饭。晚饭后，又是一碗，直到街上灯火阑珊，才夹着一本很厚的书回宿舍睡觉。

昆明的茶馆共分几类，我不知道。大别起来，只能分为两类，一类是大茶馆，一类是小茶馆。

正义路原先有一家很大的茶馆，楼上楼下，有几十张桌子。都是荸荠紫漆的八仙桌，很鲜亮。因为在热闹地区，坐客常满，人声嘈杂。所有的柱子上都贴着一张很醒目的字条："莫谈国事"。时常进来一个看相的术士，一手捧一个六寸来高的硬纸片，上书该术士的大名（只能叫做大名，因为往往不带姓，不能叫"姓名"；又不能叫"法名""艺名"，因为他并未出家，也不唱戏），一只手捏着一根纸媒子，在茶桌间绕来绕去，嘴里念说着"送看手相不要钱！""送看手相不要钱！"——他手里这根纸媒子即是看手相时用来指示手纹的。

这种大茶馆有时唱围鼓。围鼓即由演员或票友清唱。我很喜欢"围鼓"这个词。唱围鼓的演员、票友好像是不取报酬的。只是一群有同好的闲人聚拢来唱着玩。但茶馆却可借来招揽顾客，所以茶馆里便于闹市张贴告条："某月日围鼓"。到这样的茶馆里来一边听围鼓，一边吃茶，也就叫做"吃围鼓茶"。"围鼓"这个词大概是从四川来的，但昆明的围鼓似多唱滇剧。我在昆明七年，对滇剧始终没有入门。只记得不知什么戏里有一句唱词"孤王头上长青苔"。孤王的头上如何会长青苔呢？这个设想实在是奇绝，因此一听就永不能忘。

我要说的不是那种"大茶馆"。这类大茶馆我很少涉足，而且有些大茶馆，包括正义路那家兴隆鼎盛的大茶馆，后来大都陆续停闭了。我所说的是联大附近的茶馆。

从西南联大新校舍出来，有两条街，凤翥街和文林街，都不长。这两条街上至少有不下十家茶馆。

从联大新校舍，往东，折向南，进一座砖砌的小牌楼式的街门，便是凤翥街。街头右手第一家便是一家茶馆。这是一家小茶馆，只有三张茶桌，而且大小不等，形状不一的茶具也是比较粗糙的，随意画了几笔蓝花的盖碗。除了卖茶，檐下挂着大串大串的草鞋和地瓜（即湖南人所谓的凉薯），这也是卖的。张罗茶座的是一个女人。这女人长得很强壮，皮色也颇白净。她生了好些孩子。身边常有两个孩子围着她转，手里还抱着一个。她经常敞着怀，一边奶着那个早该断奶的孩子，一边为客人冲茶。她的丈夫，比她大得多，状如猿猴，而目光锐利如鹰。他什么事情也不管，但是每天下午却捧了一个大碗喝牛奶。这个男人是一头种畜。这情况使我们颇为不解。这个白皙强壮的妇人，只凭一天卖几碗茶，卖一点草鞋、地瓜，怎么能喂饱了这么多张嘴，还能供应一个懒惰的丈夫每天喝牛奶呢？怪事！中国的妇女似乎有一种天授的惊人的耐力，多大的负担也压不垮。

由这家往前走几步，斜对面，曾经开过一家专门招徕大学生的新式茶馆。这家茶馆的桌椅都是新打的，涂了黑漆。堂倌系着白围裙。卖茶用细白瓷壶，不用盖碗（昆明茶馆卖茶一般都用盖碗）。除了清茶，还卖沱茶、香片、龙井。本地茶客从门外过，伸头看看这茶馆的局面，再看看里面坐得满满的大学生，就会挪步另走一家了。这家茶馆没有什么值得一记的事，而且开了不久就关了。联大学生至今还记得这家茶馆是因为隔壁有一家卖花生米的。这家似乎没有男人，站柜卖货是姑嫂二人，都还年轻，成天涂脂抹粉。尤其是那个小姑子，见人走过，辄作媚笑。联大学生叫她花生西施。这西施卖花生米是看人行事的。好看的来买，就给得多。难看的给得少。因此我们每次买花生米都推选一个挺拔英俊的“小生”去。

再往前几步，路东，是一个绍兴人开的茶馆。这位绍兴老板不知怎么会跑到昆明来，又不知为什么在这条小小的凤翥街上来开一爿茶馆。他至今乡音未改。大概他有一种独在异乡为异客的情绪，所以对待从外地来的联大学生异常亲热。他这茶馆里除了卖清茶，还卖一点芙蓉糕、萨其马、月饼、桃酥，都装在一个玻璃匣子里。我们有时觉得肚子里有点缺空而又不到吃饭的时候，便到他这里一边喝茶一边吃两块点心。有一个善于吹口琴的姓王的同学经常在绍兴人茶馆喝茶。他喝茶，可以欠账。不但喝茶可以欠账，我们有时想看电影而没有钱，就由这位口琴专家出面向绍兴老板借一点。绍兴老板每次都是欣然地打开钱柜，拿出我们需要的数目。我们于是欢欣鼓舞，兴高采烈，迈开大步，直奔南屏电影院。

再往前，走过十来家店铺，便是凤翥街口，路东路西各有一家茶馆。

路东一家较小，很干净，茶桌不多。掌柜的是个瘦瘦的男人，有几个孩子。掌柜的事情多，为客人冲茶续水，大都由一个十三四岁的大儿子担任，我们称他这个儿子为“主任儿子”。街西那家又脏又乱，地面坑洼不平，一地的烟头、火柴棍、瓜子皮。茶桌也是七大八小，摇摇晃晃，但是生意却特别好。从早到晚，人坐得满满的。也许是因为风水好。这家茶馆正在凤翥街和龙翔街交接处，门面一边对着凤翥街，一边对着龙翔街，坐在茶馆两条街上的热闹都看得见。到这家吃茶的全都是本地人，本街的闲人、赶马的“马锅头”、卖柴的、卖菜的。他们都抽叶子烟。要了茶以后，便从怀里掏出一个烟盒——圆形，皮制的，外面涂着一层黑漆，打开来，揭开覆盖着的菜叶，拿出剪好的金堂叶子，一枝一枝地卷起来。茶馆的墙壁上张贴、涂抹得乱七八糟。但我却于西墙上发现了一首诗，一首真正的诗：

记得旧时好，
跟随爹爹去吃茶。
门前磨螺壳，
巷口弄泥沙。

是用墨笔题写在墙上的。这使我大为惊异了。这是什么人写的呢？

每天下午，有一个盲人到这家茶馆来卖唱。他打着扬琴，说唱着。照现在的说法，这应是一种曲艺，但这种曲艺该叫什么名称，我一直没有打听着。我问过“主任儿子”，他说是“唱扬琴的”，我想不是。他唱的是什么？我有一次特意站下来听了一会，是：

…………
良田美地卖了，
高楼大厦拆了，
娇妻美妾跑了，
狐皮袍子当了……

我想了想，哦，这是一首劝戒鸦片的歌，他这唱的是鸦片烟之为害。这是什么时候传下来的呢？说不定是林则徐时代某一忧国之士的作品。但是这个盲人只管唱他的，茶客们似乎都没有在听，他们仍然在说话，各人想自己的心事。到了天黑，这个盲人背着扬琴，点着马竿，踽踽地走回家去。我常常想：他今天能吃饱么？

进大西门，是文林街，挨着城门口就是一家茶馆。这是一家最无趣味的茶馆。茶馆墙上的镜框里装的是美国电影明星的照片，蓓蒂·黛维丝、奥丽薇·德·哈茀兰、克拉克·盖博、泰伦宝华……除了卖茶，还卖咖啡、可可。这家的特点是：进进出出的除了穿西服和麂皮夹克的比较有钱的男同学外，还有把头发卷成一根一根香肠似的女同学。有时到了星期六，还开舞会。茶馆的门关了，从里面传出《蓝色的多瑙河》和《风流寡妇》舞曲，里面正在"嘣嚓嚓"。

和这家斜对着的一家，跟这家截然不同。这家茶馆除卖茶，还卖煎血肠。这种血肠是牦牛肠子灌的，煎起来一街都闻见一种极其强烈的气味，说不清是异香还是奇臭。这种西藏食品，那些把头发卷成香肠一样的女同学是绝对不敢问津的。

由这两家茶馆，往东，不远几步，面南，便可折向钱局街。街上有一家老式的茶馆，楼上楼下，茶座不少。说这家茶馆是"老式"的，是因为茶馆备有烟筒，可以租用。一段青竹，旁安一个粗如小指半尺长的竹管，一头装一个带爪的莲蓬嘴，这便是"烟筒"。在莲蓬嘴里装了烟丝，点以纸媒，把整个嘴埋在筒口内，尽力猛吸，筒内的水咚咚作响，浓烟便直灌肺腑，顿时觉得浑身通泰。吸烟筒要有点功夫，不会吸的吸不出烟来。茶馆的烟筒比家用的粗得多，高齐桌面，吸完就靠在桌腿边，吸时尤需底气充足。这家茶馆门前，有一个小摊，卖酸角（不知什么树上结的，形状有点像皂荚，极酸，入口使人攒眉）、拐枣（也是树上结的，应该算是果子，状如鸡爪，一疙瘩一疙瘩的，有的地方即叫做鸡脚爪，味道很怪，像红糖，又有点像甘草）和泡梨（糖梨泡在盐水里，梨味本是酸甜的，昆明人却偏于盐水内泡而食之。泡梨仍有梨香，而梨肉极脆嫩）。过了春节则有人于门前卖葛根。葛根是药，我过去只在中药铺见过，切成四方的棋子块儿，是已经经过加工的了。原物是什么样子，我是在昆明才见到的。这种东西可以当零食来吃，我也是在昆明才知道。一截根，粗如手臂，横放在一块板上，外包一块湿布。给很少的钱，卖葛根的便操起有点像北京切涮羊肉的肉片用的那种薄刃长刀，切下薄薄的几片给你。雪白的。嚼起来有点像干瓤的生白薯片，而有极重的药味。据说葛根能清火。联大的同学大概很少人吃过葛根。我是什么奇奇怪怪的东西都要买一点尝一尝的。

大学二年级那一年，我和两个外文系的同学经常一早就坐到这家茶馆靠窗的一张桌边，各自看自己的书，有时整整坐一上午，彼此不交语。我这时才开始写作，我的最初几篇小说，即是在这家茶馆里写的。茶馆离翠湖很近，从翠湖吹来的风里，时时带有水浮莲的气味。

回到文林街。文林街中，正对府甬道，后来新开了一家茶馆。这家茶馆的特点一是卖茶用玻璃杯，不用盖碗，也不用壶。不卖清茶，卖绿茶和红茶。红茶色如玫瑰，绿茶苦如猪胆。第二是茶桌较少，且覆有玻璃桌面。在这样桌子上打桥牌实在是再适合不过了，因此到这家茶馆来喝茶的，大都是来打桥牌的，这茶馆实在是一个桥牌俱乐部。联大打桥牌之风很盛。有一个姓马的同学每天到这里打桥牌。解放后，我才知道他是老地下党员，昆明学生运动的领导人之一。学生运动搞得那样热火

茶店一角
莫談國事
子愷寫

朝天，他每天都只是很闲在，很热衷地在打桥牌，谁也看不出他和学生运动有什么关系。

文林街的东头，有一家茶馆，是一个广东人开的，字号就叫“广发茶社”，——昆明的茶馆我记得字号的只有这一家，原因之一，是我后来住在民强巷，离广发很近，经常到这家去。原因之二是——经常聚在这家茶馆里的，有几个助教、研究生和高年级的学生。这些人多多少少有一点玩世不恭。那时联大同学常组织什么学会，我们对这些俨乎其然的学会微存嘲讽之意。有一天，广发的茶友之一说：“咱们这也是一个学会，——广发学会！”这本是一句茶余的笑话。不料广发的茶友之一，解放后，在一次运动中被整得不可开交，胡乱交待问题，说他曾参加过“广发学会”。这就惹下了麻烦。几次有人，专程到北京来外调“广发学会”问题。被调查的人心里想笑，又笑不出来，因为来外调的政工人员态度非常严肃。广发茶馆代卖广东点心。所谓广东点心，其实只是包了不同味道的甜馅的小小的酥饼，面上却一律贴了几片香菜叶子，这大概是这一家饼师的特有的手艺。我在别处吃过广东点心，就没有见过面上贴有香菜叶子的——至少不是每一块都贴。

或问：泡茶馆对联大学生有些什么影响？答曰：第一，可以养其浩然之气。联大的学生自然也是贤愚不等，但多数是比较正派的。那是一个污浊而混乱的时代，学生生活又穷困得近乎潦倒，但是很多人却能自许清高，鄙视庸俗，并能保持绿意葱茏的幽默感，用来对付恶浊和穷困，并不颓丧灰心，这跟泡茶馆是有些关系的。第二，茶馆出人才。联大学生上茶馆，并不是穷泡，除了瞎聊，大部分时间都是用来读书的。联大图书馆座位不多，宿舍里没有桌凳，看书多半在茶馆里。联大同学上茶馆很少不夹着一本乃至几本书的。不少人的论文、读书报告，都是在茶馆写的。有一年一位姓石的讲师的《哲学概论》期终考试，我就是把考卷拿到茶馆里去答好了再交上去的。联大八年，出了很多人才。研究联大校史，搞“人才学”，不能不了解了解联大附近的茶馆。第三，泡茶馆可以接触社会。我对各种各样的人、各种各样的生活都发生兴趣，都想了解了解，跟泡茶馆有一定关系。如果我现在还算一个写小说的人，那么我这个小说家是在昆明的茶馆里泡出来的。

一九八四年五月十三日

五味

山西人真能吃醋！几个山西人在北京下饭馆，坐定之后，还没有点菜，先把醋瓶子拿过来，每人喝了三调羹醋。邻座的客人直瞪眼。有一年我到太原去，快过春节了。别处过春节，都供应一点好酒，太原的油盐店却都贴出一个条子："供应老陈醋，每户一斤。"这在山西人是大事。

山西人还爱吃酸菜，雁北尤甚。什么都拿来酸，除了萝卜白菜，还包括杨树叶子、榆树钱儿。有人来给姑娘说亲，当妈的先问，那家有几口酸菜缸。酸菜缸多，说明家底子厚。

辽宁人爱吃酸菜白肉火锅。

北京人吃羊肉酸菜汤下杂面。

福建人、广西人爱吃酸笋。我和贾平凹在南宁，不爱吃招待所的饭，到外面瞎吃。平凹一进门，就叫："老友面！""老友面"者，酸笋肉丝汆汤下面也，不知道为什么叫作"老友"。

傣族人也爱吃酸。酸笋炖鸡是名菜。

延庆山里夏天爱吃酸饭。把好好的饭焐酸了，用井拔凉水一和，呼呼地就下去了三碗。

都说苏州菜甜，其实苏州菜只是淡，真正甜的是无锡。无锡炒鳝糊放那么多糖！包子的肉馅里也放很多糖，没法吃！

四川夹沙肉用大片肥猪肉夹了洗沙蒸，广西芋头扣肉用大片肥猪肉夹芋泥蒸，都极甜，很好吃，但我最多只能吃两片。

广东人爱吃甜食。昆明金碧路有一家广东人开的甜品店，卖芝麻糊、绿豆沙，广东同学趋之若鹜。“番薯糖水”即用白薯切块熬的汤，这有什么好喝的呢？广东同学曰：“好！”

北方人不是不爱吃甜，只是过去糖难得。我家曾有老保姆，正定乡下人，六十多岁了。她还有个婆婆，八十几了。她有一次要回乡探亲，临行称了两斤白糖，说她的婆婆就爱喝个白糖水。

北京人很保守，过去不知苦瓜为何物，近年有人学会吃了。菜农也有种的了。农贸市场上有很好的苦瓜卖，属于“细菜”，价颇昂。

北京人过去不吃蕹菜，不吃木耳菜，近年也有人爱吃了。

北京人在口味上开放了！

北京人过去就知道吃大白菜。由此可见，大白菜主义是可以被打倒的。

北方人初春吃苣荬菜。苣荬菜分甜荬、苦荬，苦荬相当苦。

有一个贵州的年轻女演员上我们剧团学戏，她的妈妈路远迢迢给她寄来一包东西，是“择耳根”，或名“则尔根”，即鱼腥草。她让我尝了几根。

这是什么东西？苦，倒不要紧，它有一股强烈的生鱼腥味，实在招架不了！

剧团有一干部，是写字幕的，有时也管杂务。此人是个吃辣的专家。他每天中午饭不吃菜，吃辣椒下饭。全国各地的，少数民族的，各种辣椒，他都千方百计地弄来吃。剧团到上海演出，他帮助搞伙食，这下好，不会缺辣椒吃。原以为上海辣椒不好买，他下车第二天就找到一家专卖各种辣椒的铺子。上海人有一些是能吃辣的。

我的吃辣是在昆明练出来的，曾跟几个贵州同学在一起用青辣椒在火上烧烧，蘸盐水下酒。

平生所吃辣椒亦多矣，什么朝天椒、野山椒，都不在话下。我吃过最辣的辣椒是在越南。一九四七年，由越南转道往上海，在海防街头吃牛肉粉，牛肉极嫩，汤极鲜，辣椒极辣，一碗汤粉，放三四丝辣椒就辣得不行。这种辣椒的颜色是橘黄色的。在川北，听说有一种辣椒本身不能吃，用一根线吊在灶上，汤做得了，把辣椒在汤里涮涮，就辣得不得了。

云南佧佤族有一种辣椒，叫“涮涮辣”，与川北吊在灶上的辣椒大概不相上下。

四川不能说是最能吃辣的省份，川菜的特点是辣且麻，——搁很多花椒。四川的小面馆的墙壁上黑漆大书三个字：麻辣烫。麻婆豆腐、干煸牛肉丝、棒棒鸡，不放花椒不行。花椒得是川椒，捣碎，菜做好了，最后再放。

周作人说他的家乡整年吃咸极了的咸菜和咸极了的咸鱼，浙东人确实吃得很咸。有个同学，是台州人，到铺子里吃包子，掰开包子就往里倒酱油。口味的咸淡和地域是有关系的。北京人说南甜北咸东辣西酸，大体不错。河北、东北人口重，福建菜多很淡。但这与个人的性格习惯也有关。湖北菜并不咸，但闻一多先生却嫌云南蒙自的菜太淡。

中国人过去对吃盐很讲究，如桃花盐、水晶盐，“吴盐胜雪”，现在则全国都吃再制精盐。只有四川人腌咸菜还坚持用自贡产的井盐。

我不知道世界上还有什么国家的人爱吃臭。

过去上海、南京、汉口都卖油炸臭豆腐干。长沙火宫殿的臭豆腐因为一个大人物年轻时常吃而出名。这位大人物后来还去吃过，说了一句话：“火宫殿的臭豆腐还是好吃。”“文化大革命”中火宫殿的壁影上就出现了两行大字：

最高指示：

火宫殿的臭豆腐还是好吃。

我们一个同志到南京出差，他的爱人是南京人，嘱咐他带一点臭豆腐干回来。他千方百计，居然办到了。带到火车上，引起一车厢的人强烈抗议。

除豆腐干外，面筋、百叶（千张）皆可臭。蔬菜里的莴苣、冬瓜、豇豆皆可臭。冬笋的老根咬不动，切下来随手就扔进臭坛子里。——我们那里很多人家都有个臭坛子，一坛子“臭卤”。腌芥菜挤下的汁放几天即成“臭卤”。臭物中最特殊的是臭苋菜杆。苋菜长老了，主茎可粗如拇指，高三四尺，截成二寸许小段，入臭坛。臭熟后，外皮是硬的，里面的芯成果冻状。噙住一头，一吸，芯肉即入口中。这是佐粥的无上妙品。我们那里叫做“苋菜秸子”，湖南人谓之“苋菜咕”，因为吸起来“咕”的一声。

北京人说的臭豆腐指臭豆腐乳。过去是小贩沿街叫卖的：“臭豆腐，酱豆腐，王致和的臭豆腐。”臭豆腐就贴饼子，熬一锅虾米皮白菜汤，好饭！现在王致和的臭豆腐用很大的玻璃方瓶装，很不方便，一瓶一百块，得很长时间才能吃完，而且卖得很贵，成了奢侈品。我很希望这种包装能改进，一器装五块足矣。

我在美国吃过最臭的“气死”（干酪），洋人多闻之掩鼻，对我说起来实在没有什么，比臭豆腐差远了。

甚矣，中国人口味之杂也，敢说堪为世界之冠。

随遇而安

受过伤的心总是有壘的。人的心，是脆的。

随遇而安

我当了一回右派，真是三生有幸。要不然我这一生就更加平淡了。

我不是在一九五七年被打成右派的，是在一九五八年“补课”补上的，因为本系统指标不够。划右派还要有“指标”，这也有点奇怪。这指标不知是一个什么人所规定的。

一九五七年我曾经因为一些言论而受到批判，那是作为思想问题来批判的。在小范围内开了几次会，发言都比较温和，有的甚至可以说很亲切。事后我还是照样编刊物，主持编辑部的日常工作，还随单位的领导和几个同志到河南林县调查过一次民歌。那次出差，给我买了一张软席卧铺车票，我才知道我已经享受“高干”待遇了。第一次坐软卧，心里很不安。我们在洛阳吃了黄河鲤鱼，随即到林县的红旗渠看了两三天。凿通了太行山，把漳河水引到河南来，水在山腰的石渠中活活地流着，很叫人感动。收集了不少民歌。有的民歌很有农民式的浪漫主义的想象，如想到将来渠里可以有“水猪”“水羊”，想到将来少男少女都会长得很漂亮。上了一次中岳嵩山。这里运载石料的交通工具主要是用人力拉的排子车，特别处是在车上装了一面帆，布帆受风，拉起来轻快得多。帆本是船上用的，这里却施之陆行的板车上，给我十分新鲜的印象。我们去的时候正是桐花盛开的季节，漫山遍野摇曳着淡紫色的繁花，如同梦境。从林县出来，有一条小河。河的一面是峭壁，一面是平野，岸边密植杨柳，河水清澈，沁人心脾。我好像曾经见过这条河，以后还会看到这样的河。这次旅行很愉快，我和同志们也相处得很融洽，没有一点隔阂，一点别扭。这次批判没有使我觉得受了伤害，没有留下阴影。

一九五八年夏天，一天（我这人很糊涂，不记日记，许多事都记不准时间），我照常去上班，一上楼梯，过道里贴满了围攻我的大字报。要拔掉编辑部的“白旗”，措辞很激烈，已经出现“右派”字样。我顿时傻了。运动，都是这样：突然袭击。其实背后已经策划了一些日子，开了几次会，做了充分的准备，只是本人还被蒙在鼓里，什么也不知道。这可以说是暗算。但愿这种暗算以后少来，这实在是很伤人的。如果当时量一量血压，一定会猛然增高。我是有实际数据的。“文化大革命”中我一天早上看到一批侮辱性的大字报，到医务所量了量血压，低压110，高压170。平常我的血压是相当平稳正常的，90—130。我觉得卫生部应该发一个文件：为了保障人民的健康，不要再搞突然袭击式的政治运动。

开了不知多少次批判会。所有的同志都发了言，不发言是不行的。我规规矩矩地听着，记录下这些发言。这些发言我已经完全都忘了，便是当时也没有记住，因为我觉得这好像不是说的我，是说的另外一个别的人，或者是一个根本不存在的、假设的、虚空的对象。有两个发言我还留下印象。我为一组义和团故事写过一篇读后感，题目是《仇恨·轻蔑·自豪》。这位同志说："你对谁仇恨？轻蔑谁？自豪什么？"我发表过一组极短的诗，其中有一首《早春》，原文如下：

（新绿是朦胧的，飘浮在树杪，完全不像是叶子……）

远树绿色的呼吸。

批判的同志说："连呼吸都是绿的了，你把我们的社会主义社会污蔑到了什么程度？！"听到这样的批判，我只有停笔不记，愣在那里。我想辩解两句，行么？当时我想：鲁迅曾说费厄泼赖应该缓行，现在本来应该到了可行的时候，但还是不行。中国大概永远没有费厄的时候。所谓"大辩论"，其实是"大辩认"，他辩你认。稍微辩解，便是"态度问题"。态度好，问题可以减轻；态度不好，加重。问题是问题，态度是态度，问题大小是客观存在，怎么能因为态度如何而膨大或收缩呢？许多错案都是因为本人为了态度好而屈认，而造成的。假如再有运动（阿弥陀佛，但愿真的不再有了），对实事求是、据理力争的同志应予表扬。

开了多次会，批判的同志实在没有多少可说的了。那两位批判"仇恨·轻蔑·自豪"和"绿色的呼吸"的同志当然也知道这样的批判是不能成立的。批判"绿色的呼吸"的同志本人是诗人，他当然知道诗是不能这样引申解释的。他们也是没话找话说，不得已。我因此觉得开批判会对被批判者是过关，对批判者也是过关。他们也并不好受。因此，我当时就对他们没有怨恨，甚至还有点同情。我们以前是朋友，以后的关系也不错。我记下这两个例子，只是说明批判是一出荒诞戏剧，如莎士比亚说，所有的上场的人都只是角色。

我在一篇写右派的小说里写过："写了无数次检查，听了无数次批判，……她不再觉得痛苦，只是非常的疲倦。她想：定一个什么罪名，给一个什么处分都行，只求快一点，快一点过去，不要再开会，不要再写检查。"这是我的亲身体会。其实，问题只是那一些，只要写一次检查，开一次会，甚至一次会不开，就可以定案。但是不，非得开够了"数"不可。原来运动是一种疲劳战术，非得把人搞得极度疲劳，身心交瘁，丧失一切意志，瘫软在地上不可。我写了多次检查，一次比一次更没有内容，更不深刻，但是我知道，就要收场了，因为大家都累了。

结论下来了：定为一般右派，下放农村劳动。

我当时的心情是很复杂的。我在那篇写右派的小说里写道："……她带着一种奇怪的微笑。"我那天回到家里，见到爱人说，"定成右派了"，脸上就是带着这种奇怪的微笑的。我也不知道我为什么要笑。

我想起金圣叹。金圣叹在临刑前给人写信，说"杀头，至痛也，而圣叹于无意中得之，亦奇"。有人说这不可靠。金圣叹给儿子的信中说："字谕大儿知悉，花生米与豆腐干同嚼，有火腿滋味。"有人说这更不可靠。我以前也不大相信，临刑之前，怎能开这种玩笑？现在，我相信这是真实的。人到极其无可奈何的时候，往往会生出这种比悲号更为沉痛的滑稽感。鲁迅说金圣叹"化屠夫的凶残为一笑"，鲁迅没有被杀过头，也没有当过右派，他没有这种体验。

另一方面，我又是真心实意地认为我是犯了错误，是有罪的，是需要改造的。我下放劳动的地点是张家口沙岭子。离家前我爱人单位正在搞军事化，受军事训练，她不能请假回来送我。我留了一个条子：“等我五年，等我改造好了回来。”就背起行李，上了火车。

右派的遭遇各不相同，有幸有不幸。我这个右派算是很幸运的，没有受多少罪，我下放的单位是一个地区性的农业科学研究所。所里有不少技师、技术员，所领导对知识分子是了解的，只是在干部和农业工人（也就是农民）的组长一级介绍了我们的情况（和我同时下放到这里的还有另外几个人），并没有在全体职工面前宣布我们的问题。不少农业工人不知道我们是来干什么的，只说是毛主席叫我们下来锻炼锻炼的。因此，我们并未受到歧视。

初干农活，当然很累。像起猪圈、刨冻粪这样的重活，真够一呛。我这才知道“劳动是沉重的负担”这句话的意义。但还是咬着牙挺过来了。我当时想：只要我下一步不倒下来，死掉，我就得拼命地干。大部分的农活我都干过，力气也增长了，能够扛一百七十斤重的一麻袋粮食稳稳地走上和地面成四十五度角那样陡的高跳。后来相对固定在果园上班。果园的活比较轻松，也比“大田”有意思。最常干的活是给果树喷波尔多液。硫酸铜加石灰，兑上适量的水，便是波尔多液，颜色浅蓝如晴空，很好看。喷波尔多液是为了防治果树病害，是常年要喷的。喷波尔多液是个细致活。不能喷得太少，太少了不起作用；不能太多，太多了果树叶子挂不住，流了。叶面、叶背都得喷到。许多工人没这个耐心，于是喷波尔多液的工作大部分落在我的头上，我成了喷波尔多液的能手。喷波尔多液次数多了，我的几件白衬衫都变成了浅蓝色。

我们和农业工人干活在一起，吃住在一起。晚上被窝挨着被窝睡在一铺大炕上。农业工人在枕头上和我说了一些心里话，没有顾忌。我这才比较切近地观察了农民，比较知道中国的农村，中国的农民是怎么一回事。这对我确立以后的生活态度和写作态度是很有好处的。

我们在下面也有文娱活动。这里兴唱山西梆子（中路梆子），工人里不少都会唱两句。我去给他们化妆。原来唱旦角的都是用粉妆，——鹅蛋粉、胭脂，黑锅烟子描眉。我改成用戏剧油彩，这比粉妆要漂亮得多。我勾的脸谱比张家口专业剧团的“黑”（山西梆子谓花脸为“黑”）还要干净讲究。遇春节，沙岭子堡（镇）闹社火，几个年轻的女工要去跑旱船，我用油底浅妆把她们一个个打扮得如花似玉，轰动一堡，几个女工高兴得不得了。我们和几个职工还合演过戏，我记得演过的有小歌剧《三月三》、崔嵬的独幕话剧《十六条枪》。一年除夕，在“堡”里演话剧，海报上特别标出一行字：

台上有布景

这里的老乡还没有见过个布景。这布景是我们指导着一个木工做的。演完戏，我还要赶火车回北京。我连妆都没卸干净，就上了车。

一九五九年底给我们几个人作鉴定，参加的有工人组长和部分干部。工人组长一致认为：老汪干活不藏奸，和群众关系好，“人性”不错，可以摘掉右派帽子。所领导考虑，才下来一年，太快了，再等一年吧。这样，我就在一九六〇年在交了一个思想总结后，经所领导宣布：摘掉右派帽子，结束劳动。暂时无接受单位，在本所协助工作。

我的“工作”主要是画画。我参加过地区农展会的美术工作（我用多种土农药在展览牌上粘贴出一幅很大的松鹤图，色调古雅，这里的美术中专的一位教员曾特别带着学生来观摩），我在所里布置过“超声波展览馆”（“超声波”怎样用图像表现？声波是看不见的，没有办法，我就画了农林牧副渔多种产品，上面一律用圆规燕白粉画了一圈又一圈同心圆）。我的“巨著”，是画了一套《中国马铃薯图谱》。这是所里给我的任务。

这个所有一个下属单位“马铃薯研究站”，设在沽源。为什么设在沽源？沽源在坝上，是高寒地区（有一年下大雪，沽源西门外的积雪跟城墙一般高）。马铃薯本是高寒地带的作物。马铃薯在南方种几年，就会退化，需要到坝上调种。沽源是供应全国薯种的基地，研究站设在这里，理所当然。这里集中了全国各地、各个品种的马铃薯，不下百来种，我在张家口买了纸、颜色、笔，带了在沙岭子新华书店买得的《癸巳类稿》《十驾斋养新录》和两册《容斋随笔》（沙岭子新华书店进了这几种书也很奇怪，如果不是我买，大概永远也卖不出去），就坐长途汽车，奔向沽源，其时在八月下旬。

我在马铃薯研究站画《图谱》，真是神仙过的日子。没有领导，不用开会，就我一个人，自己管自己。这时正是马铃薯开花，我每天趟着露水，到试验田里摘几丛花，插在玻璃杯里，对着花描画。我曾经给北京的朋友写过一首长诗，叙述我的生活。全诗已忘，只记得两句：

坐对一丛花，
眸子炯如虎。

下午，画马铃薯的叶子。天渐渐凉了，马铃薯陆续成熟，就开始画薯块。画一个整薯，还要切开来画一个剖面，一块马铃薯画完了，薯块就再无用处，我于是随手埋进牛粪火里，烤烤，吃掉。我敢说，像我一样吃过那么多品种的马铃薯的，全国盖无第二人。

沽源是绝塞孤城。这本来是一个军台。清代制度，大臣犯罪，往往由帝皇批示"发往军台效力"，这处分比充军要轻一些（名曰"效力"，实际上大臣自己并不去，只是闲住在张家口，花钱雇一个人去军台充数）。我于是在《容斋随笔》的扉页上，用朱笔画了一方图章，文曰：

效力军台

白天画画，晚上就看我带去的几本书。

一九六二年初，我调回北京，在北京京剧团担任编剧，直至离休。

摘掉右派分子帽子，不等于不是右派了。"文革"期间，有人来外调，我写了一个旁证材料。人事科的同志在材料上加了批注：

该人是摘帽右派。所提供情况，仅供参考。

我对"摘帽右派"很反感，对"该人"也很反感。"该人"跟"该犯"差不了多少。我不知道我们的人事干部从什么地方学来的这种带封建意味的称谓。

“文化大革命”，我是本单位第一批被揪出来的，因为有“前科”。

“文革”期间给我贴的大字报，标题是：

老右派，新表演

我搞了一些时期“样板戏”，江青似乎很赏识我，于是忽然有一天宣布：“汪曾祺可以控制使用。”这主要当然是因为我曾是右派。在“控制使用”的压力下搞创作，那滋味可想而知。

一直到一九七九年给全国绝大多数右派分子平反，我才算跟右派的影子告别。我到原单位去交材料，并向经办我的专案的同志道谢：“为了我的问题的平反，你们做了很多工作，麻烦你们了，谢谢！”那几位同志说：“别说这些了吧！二十年了！”

有人问我：“这些年你是怎么过来的？”他们大概觉得我的精神状态不错，有些奇怪，想了解我是凭仗什么力量支持过来的。我回答：

“随遇而安。”

丁玲同志曾说她从被划为右派到北大荒劳动，是“逆来顺受”。我觉得这太苦涩了，“随遇而安”，更轻松一些。“遇”，当然是不顺的境遇；“安”，也是不得已。不“安”，又怎么着呢？既已如此，何不想开些。如北京人所说：“哄自己玩儿。”当然，也不完全是哄自己。生活，是很好玩的。

随遇而安不是一种好的心态，这对民族的亲和力和凝聚力是会产生消极作用的。这种心态的产生，有历史的原因（如受老庄思想的影响），本人气质的原因（我就不是具有抗争性格的人），但是更重要的是客观，是“遇”，是环境的，生活的，尤其是政治环境的原因。中国的知识分子是善良的。曾被打成右派的那一代人，除了已经死掉的，大多数都还在努力地工作。他们的工作的动力，一是要实证自己的价值。人活着，总得做一点事。二是对生我养我的故国未免有情。但是，要恢复对在上者的信任，甚至轻信，恢复年轻时的天真的热情，恐怕是很难了。他们对世事看淡了，看透了，对现实多多少少是疏离的。受过伤的心总是有璺的。人的心，是脆的。

这是没有办法的事。

为政临民者，可不慎乎。

一九九一年一月三十一日

自得其乐

孙犁同志说写作是他的最好的休息。是这样。一个人在写作的时候是最充实的时候，也是最快乐的时候。凝眸既久（我在构思一篇作品时，我的孩子都说我在翻白眼），欣然命笔，人在一种甜美的兴奋和平时没有的敏锐之中，这样的时候，真是虽南面王不与易也。写成之后，觉得不错，提刀却立，四顾踌躇，对自己说："你小子还真有两下子！"此乐非局外人所能想象。但是一个人不能从早写到晚，那样就成了一架写作机器，总得岔乎岔乎，找点事情消遣消遣，通常说，得有点业余爱好。

我年轻时爱唱戏。起初唱青衣，梅派；后来改唱余派老生。大学三四年级唱了一阵昆曲，吹了一阵笛子。后来到剧团工作，就不再唱戏吹笛子了，因为剧团有许多专业名角，在他们面前吹唱，真成了班门弄斧，还是以藏拙为好。笛子本来还可以吹吹，我的笛风甚好，是"满口笛"，但是后来没法再吹，因为我的牙齿陆续掉光了，撒风漏气。

这些年来我的业余爱好，只有：写写字、画画画、做做菜。

我的字照说是有些基本功的。当然从描红模子开始。我记得我描的红模子是："暮春三月，江南草長，雜花生樹，群鶯亂飛。"这十六个字其实是很难写的，也许是写红模子的先生故意用这些结体复杂的字来折磨小孩子，而且红模子底子是欧字，这就更难落笔了。不过这也有好处，可以让孩子略窥笔意，知道字是不可以乱写的。大概在我十一二岁的时候，那年暑假，我的祖父忽然高了兴，要亲自教我《论语》，并日课大字一张，小字二十行。大字写《圭峰碑》，小字写《闲邪公家传》，这两本帖都是祖父从他的藏帖中选出来的。祖父认为我的字有点才分，奖了我一块猪肝紫端砚，是圆的，并且拿了几本初拓的字帖给我让我常看看。我记得有小字《麻姑仙坛》、虞世南的《夫子庙堂碑》、褚遂良的《圣教序》。小学毕业的暑假，我在三姑父家从一个姓韦的先生读桐城派古文，并跟他学写字。韦先生是写魏碑的，但他让我临的却是《多宝塔》。初一暑假，我父亲拿了一本影印的《张猛龙碑》，说："你最好写写魏碑，这样字才有骨力。"我于是写了相当长时期《张猛龙》。用的是我父亲选购来的特殊的纸。这种纸是用稻草做的，纸质较粗，也厚，写魏碑很合适，用笔须沉着，不能浮滑。这种纸一张有二尺高，尺半宽，我每天写满一张。写《张猛龙》使我终身受益，到现在我的字的间架用笔还能看出痕迹。这以后，我没有认真临过帖，平常只是读帖而已。我于二王书未窥门径。写过一个很短时期的《乐毅论》，放下了，因为我很懒。《行穰》《丧乱》等帖我很欣赏，但我知道我写不来那样的字。我觉得王大令的字的确比王右军写得好。读颜真卿的《祭侄文》，觉得这才是真正的颜字，并且对颜书从二王来之说很信服。大学时，喜读宋四家。有人说中国书法一坏于颜真卿，二坏于宋四家，这话有道理。但我觉得宋人字是书法的一次解放，宋人字的特点是少拘束，有个性，我比较喜欢蔡京和米芾的字（苏东坡字太俗，黄山谷字做作）。有人说米字不可多看，多看则终身摆脱不开，想要升入晋唐，就不可能了。一点不错。但是有什么办法呢！打一个不太好听的比方，一写米字，犹如寡妇失了身，无法挽回了。我现在写的字有点《张猛龙》的底子、米字的意思，还加上一点乱七八糟的影响，形成我自己的那么一种体，格韵不高。

我也爱看汉碑。临过一遍《张迁碑》，《石门铭》《西狭颂》看看而已。我不喜欢《曹全碑》。盖汉碑好处全在筋骨开张，意态从容，《曹全碑》则过于整饬了。

我平日写字，多是小条幅，四尺宣纸一裁为四。这样把书桌上书籍信函往边上推推，摊开纸就能写了。正儿八经地拉开案子，铺了画毡，着意写字，好像练了一趟气功，是很累人的。我都是写行书。写真书，太吃力了。偶尔也写对联。曾在大理写了一副对子：

苍山负雪，

洱海流云。

字大径尺。字少，只能体兼隶篆。那天喝了一点酒，字写得飞扬霸悍，亦是快事。对联字稍多，则可写行书。为武夷山一招待所写过一副对子：

四围山色临窗秀，

一夜溪声入梦清。

字颇清秀，似明朝人书。

我画画，没有真正的师承。我父亲是个画家，画写意花卉，我小时爱看他画画，看他怎样布局（用指甲或笔杆的一头划几道印子），画花头，定枝梗，布叶，钩筋，收拾，题款，盖印。这样，我对用墨，用水，用色，略有领会。我从小学到初中，都“以画名”。初二的时候，画了一幅墨荷，裱出后挂在成绩展览室里。这大概是我的画第一次上裱。我读的高中重数理化，功课很紧，就不再画画。大学四年，也极少画画。工作之后，更是久废画笔了。当了右派，下放到一个农业科学研究所，结束劳动后，倒画了不少画，主要的“作品”是两套植物图谱，一套《中国马铃薯图谱》，一套《口蘑图谱》；一是淡水彩，一是钢笔画。摘了帽子回京，到剧团写剧本，没有人知道我能画两笔。重拈画笔，是运动促成的。运动中没完没了地写交代，实在是烦人，于是买了一刀元书纸，于写交代之空隙，瞎抹一气，少抒郁闷，这样就一发而不可收，重新拾起旧营生。有的朋友看见，要了去，挂在屋里，被人发现了，于是求画的人渐多。我的画其实没有什么看头，只是因为是作家的画，比较别致而已。

我也是画花卉的。我很喜欢徐青藤、陈白阳，喜欢李复堂，但受他们的影响不大。我的画不中不西，不今不古，真正是“写意”，带有很大的随意性。曾画了一幅紫藤，满纸淋漓，水气很足，几乎不辨花形。这幅画现在挂在我的家里。我的一个同乡来，问：“这画画的是什么？”我说是：“骤雨初晴。”他端详了一会儿，说：“哎，经你一说，是有点那个意思！”他还能看出彩墨之间的一些小块空白，是阳光。我常把后期印象派方法融入国画。我觉得中国画本来都是印象派，只是我这样做，更是有意识的而已。

画中国画还有一种乐趣，是可以在画上题诗，可寄一时意兴，抒感慨，也可以发一点牢骚，曾用干笔焦墨在浙江皮纸上画冬日菊花，题诗代简，寄给一个老朋友，诗是：

新沏清茶饭后烟，
自搔短发负晴暄，
枝头残菊开还好，
留得秋光过小年。

为宗璞画牡丹，只占纸的一角，题曰：

人间存一角，
聊放侧枝花。
欣然亦自得，
不共赤城霞。

宗璞把这首诗念给冯友兰先生听了，冯先生说：“诗中有人。”

今年洛阳春寒，牡丹至期不开。张抗抗在洛阳等了几天，败兴而归，写了一篇散文《牡丹的拒绝》。我给她画了一幅画，红叶绿花，并题一诗：

看朱成碧且由他，

大道从来直似斜。

见说洛阳春索寞，

牡丹拒绝著繁花。

我的画，遣兴而已，只能自己玩玩，送人是不够格的。最近请人刻一闲章：“只可自怡悦”，用以押角，是实在话。

体力充沛，材料凑手，做几个菜，是很有意思的。做菜，必须自己去买菜。提一菜筐，逛逛菜市，比空着手遛弯儿要“好白相”。到一个新地方，我不爱逛百货商场，却爱逛菜市，菜市更有生活气息一些。买菜的过程，也是构思的过程。想炒一盘雪里蕻冬笋，菜市场冬笋卖完了，却有新到的荷兰豌豆，只好临时“改戏”。做菜，也是一种轻量的运动。洗菜，切菜，炒菜，都得站着（没有人坐着炒菜的），这样对成天伏案的人，可以改换一下身体的姿势，是有好处的。

做菜待客，须看对象。聂华苓和保罗·安格尔夫妇到北京来，中国作协不知是哪一位，忽发奇想，在宴请几次后，让我在家里做几个菜招待他们，说是这样别致一点。我给做了几道菜，其中有一道煮干丝。这是淮扬菜。华苓是湖北人，年轻时是吃过的。但在美国不易吃到。她吃得非常惬意，连最后剩的一点汤都端起碗来喝掉了。不是这道菜如何稀罕，我只是有意逗引她的故国乡情耳。台湾女作家陈怡真（我在美国认识她），到北京来，指名要我给她做一回饭。我给她做了几个菜。一个是干烧小萝卜。我知道台湾没有“杨花萝卜”（只有白萝卜）。那几天正是北京小萝卜长得最足最嫩的时候。这个菜连我自己吃了都很惊诧：

唯有君家老松樹
春風來似未曾來
子愷畫

味道鲜甜如此！我还给她炒了一盘云南的干巴菌。台湾咋会有干巴菌呢？她吃了，还剩下一点，用一个塑料袋包起，说带到宾馆去吃。如果我给云南人炒一盘干巴菌，给扬州人煮一碗干丝，那就成鲁迅请曹靖华吃柿霜糖了。

做菜要实践。要多吃，多问，多看（看菜谱），多做。一个菜点得试烧几回，才能掌握咸淡火候。冰糖肘子、乳腐肉，何时把软入味，只有神而明之，但是更重要的是要富于想象。想得到，才能做得出。我曾用家乡拌荠菜法凉拌菠菜。半大菠菜（太老太嫩都不行），入开水锅焯至断生，捞出，去根切碎，入少盐，挤去汁，与香干（北京无香干，以熏干代）细丁、虾米、蒜末、姜末一起，在盘中抟成宝塔状，上桌后淋以麻油酱醋，推倒拌匀。有余姚作家尝后，说是“很像马兰头”。这道菜成了我家待不速之客的应急的保留节目。有一道菜，敢称是我的发明：塞肉回锅油条。油条切段，寸半许长，肉馅剁至成泥，入细葱花、少量榨菜或酱瓜末拌匀，塞入油条段中，入半开油锅重炸。嚼之酥脆，真可声动十里人。

我很欣赏杨恽《报孙会宗书》：“田彼南山，芜秽不治。种一顷豆，落而为萁。人生行乐耳，须富贵何时。”“人生行乐耳，须富贵何时”，说得何等潇洒。不知道为什么，汉宣帝竟因此把他腰斩了，我一直想不透。这样的话，也不许说么？

胡同文化

——摄影艺术集《胡同之没》序

北京城像一块大豆腐，四方四正。城里有大街，有胡同。大街、胡同都是正南正北，正东正西。北京人的方位意识极强。过去拉洋车的，逢转弯处都高叫一声“东去！”“西去！”以防碰着行人。老两口睡觉，老太太嫌老头子挤着她了，说“你往南边去一点”。这是外地少有的。街道如是斜的，就特别标明是斜街，如烟袋斜街、杨梅竹斜街。大街、胡同，把北京切成一个又一个方块。这种方正不但影响了北京人的生活，也影响了北京人的思想。

胡同原是蒙古语，据说原意是水井，未知确否。胡同的取名，有各种来源。有的是计数的，如东单三条、东四十条。有的原是皇家储存物件的地方，如皮库胡同、惜薪司胡同（存放柴炭的地方）。有的是这条胡同里曾住过一个有名的人物，如无量大人胡同、石老娘（老娘是接生婆）胡同。大雅宝胡同原名大哑巴胡同，大概胡同里曾住过一个哑巴。王皮胡同是因为有一个姓王的皮匠。王广福胡同原名王寡妇胡同。有的是某种行业集中的地方。手帕胡同大概是卖手帕的。羊肉胡同当初想必是卖羊肉的。有的胡同是像其形状的。高义伯胡同原名狗尾巴胡同。小羊宜宾胡同原名羊尾巴胡同。大概是因为这两条胡同的样子有点像羊尾巴、狗尾巴。有些胡同则不知道何所取义，如大绿纱帽胡同。

胡同有的很宽阔，如东总布胡同、铁狮子胡同。这些胡同两边大都是“宅门”，到现在房屋都还挺整齐。有些胡同很小，如耳朵眼胡同。北京到底有多少胡同？北京人说：有名的胡同三千六，没名的胡同数不清。通常提起“胡同”，多指的是小胡同。

胡同是贯通大街的网络。它距离闹市很近，打个酱油，约二斤鸡蛋什么的，很方便，但又似很远。这里没有车水马龙，总是安安静静的。偶尔有剃头挑子的“唤头”（像一个大镊子，用铁棒从当中擦过，便发出噌的一声）、磨剪子磨刀的“惊闺”（十几个铁片穿成一串，摇动作声）、算命的盲人（现在早没有了）吹的短笛的声音。这些声音不但不显得喧闹，倒显得胡同里更加安静了。

胡同和四合院是一体，胡同两边是若干四合院连接起来的。胡同、四合院，是北京市民的居住方式，也是北京市民的文化形态。我们通常说北京的市民文化，就是指的胡同文化。胡同文化是北京文化的重要组成部分，即使不是最主要的部分。

胡同文化是一种封闭的文化。住在胡同里的居民大都安土重迁，不大愿意搬家。有在一个胡同里一住住几十年的，甚至有住了几辈子的。胡同里的房屋大都很旧了，“地根儿”房子就不太好，旧房檩，断砖墙。下雨天常是外面大下，屋里小下。一到下大雨，总可以听到房塌的声音，那是胡同里的房子。但是他们舍不得“挪窝儿”，——“破家值万贯”。

四合院是一个盒子。北京人理想的住家是“独门独院”。北京人也很讲究“处街坊”。“远亲不如近邻”。“街坊里道”的，谁家有点事，婚丧嫁娶，都得“随”一点“份子”，道个喜或道个恼，不这样就不合“礼数”。但是平常日子，过往不多，除了有的街坊是棋友，“杀”一盘；有的是酒友，到“大酒缸”（过去山西人开的酒铺，都没有桌子，在酒缸上放一块规成圆形的厚板以代酒桌）喝两“个”（大酒缸二两一杯，叫做“一个”）；或是鸟友，不约而同，各晃着鸟笼，到天坛城根、玉渊潭去“会鸟”（会鸟是把鸟笼挂在一处，既可让鸟互相学叫，也互相比赛），此外，“各人自扫门前雪，休管他人瓦上霜”。

北京人易于满足，他们对生活的物质要求不高。有窝头，就知足了。大腌萝卜，就不错。小酱萝卜，那还有什么说的。臭豆腐滴几滴香油，可以待姑奶奶。虾米皮熬白菜，嘿！我认识一个在国子监当过差，伺候过陆润庠、王垿等祭酒的老人，他说：“哪儿也比不了北京，北京的熬白菜也比别处好吃，——五味神在北京。”五味神是什么神？我至今考察不出来。但是北京人的大白菜文化却是可以理解的。北京人每个人一辈子吃的大白菜摞起来大概有北海白塔那么高。

北京人爱瞧热闹，但是不爱管闲事。他们总是置身事外，冷眼旁观。北京是民主运动的策源地，“民国”以来，常有学生运动。北京人管学生运动叫做“闹学生”。学生示威游行，叫做“过学生”。与他们无关。

北京胡同文化的精义是“忍”。安分守己，逆来顺受。老舍《茶馆》里的王利发说：“我当了一辈子的顺民”，是大部分北京市民的心态。

我的小说《八月骄阳》里写到“文化大革命”，有这样一段对话：

“还有个章法没有？我可是当了一辈子安善良民，从来奉公守法。这会儿，全乱了。我这眼面前就跟‘下黄土’似的，简直的，分不清东西南北了。”

“您多余操这份儿心。粮店还卖不卖棒子面？”

“卖！”

“还是的。有棒子面就行。……”

我们楼里有个小伙子，为一点儿事，打了开电梯的小姑娘一个嘴巴。我们都很生气，怎么可以打一个女孩子呢！我跟两个上了岁数的老北京（他们是“搬迁户”，原来是住在胡同里的）说，大家应该主持正义，让小伙子当众向小姑娘认错。这二位同声说：“叫他认错？门儿也没有！忍着吧！——‘穷忍着，富耐着，睡不着眯着！’”“睡不着眯着”这话实在太精彩了！睡不着，别烦躁，别起急，眯着！北京人，真有你的！

北京的胡同在衰败、没落。除了少数“宅门”还在那里挺着，大部分民居的房屋都已经很残破，有的地基柱础甚至已经下沉，只有多半截还露在地面上。有些四合院门外还保存着已失原形的拴马桩、上马石，记录着失去的荣华。有打不上水来的井眼、磨圆了棱角的石头棋盘，供人凭吊。西风残照，衰草离披，满目荒凉，毫无生气。

看看这些胡同的照片，不禁使人产生怀旧情绪，甚至有些伤感。但是这是无可奈何的事。在商品经济大潮的席卷之下，胡同和胡同文化总有一天会消失的。也许像西安的虾蟆陵、南京的乌衣巷，还会保留一两个名目，使人长望低徊。

再见吧，胡同。

一九九三年三月十五日

午门忆旧

北京解放前夕，一九四八年夏天到一九四九年春天，我曾在午门的历史博物馆工作过一段时间。

午门是紫禁城总体建筑的一个重要的组成部分。这是故宫的正门，是真正的“宫门”。进了天安门、端门，这只是宫廷的“前奏”，进了午门，才算是进了宫。有午门，没有午门，是不大一样的，没有午门，进天安门、端门，直接看到三大殿，就太敞了，好像一件衣裳没有领子。有午门当中一隔，后面是什么，都瞧不见，这才显得宫里神秘庄严，深不可测。

午门的建筑是很特别的。下面是一个凹形的城台。城台上正面是一座九间重檐庑殿顶的城楼；左右有重檐的方亭四座。城楼和这四座正方的亭子之间，有廊庑相连属，稳重而不笨拙，玲珑而不纤巧，极有气派，俗称为“五凤楼”。在旧戏里，五凤楼成了皇宫的代称。《草桥关》里姚期唱道：“到来朝陪王在那五凤楼”，《珠帘寨》里程敬思唱道："为千岁懒登五凤楼"，指的就是这里。实际上姚期和程敬思都是不会登上五凤楼的。楼不但大臣上不去，就是皇帝也很少上去。

午门有什么用呢？旧戏和评书里常有一句话："推出午门斩首！"哪能呢！这是编戏编书的人想象出来的。午门的用处大概有这么三项：一是逢什么大典时，皇上登上城楼接见外国使节。曾见过一幅紫铜的版刻，刻的就是这一盛典。外国使节、满汉官员，分班肃立，极为隆重。是哪一位皇上，庆的是何节日，已经记不清了。其次是献俘。打了胜仗（一般就是镇压了少数民族），要把俘虏（当然不是俘虏的全部，只是代表性的人物）押解到京城来。献俘本来应该在太庙。《清会典·礼部》："解送俘囚至京师，钦天监择日献俘于太庙社稷。"但据熟悉掌故的同志说，在午门。到时候皇上还要坐到城楼亲自过过目。究竟在哪里，余生也晚，未能亲历，只好存疑。第三，大概是午门最有历史意义，也最有戏剧性的故实，是在这里举行廷杖。廷杖，顾名思义，是在朝廷上受杖。不过把一位大臣按在太和殿上打屁股，也实在不大像样子，所以都在午门外举行。廷杖是对廷臣的酷刑。据朱国桢《涌幢小品》，廷杖始于唐玄宗时。但是盛行似在明代。原来不过是"意思意思"。《涌幢小品》说，"成化以前，凡廷杖者不去衣，用厚棉底衣，毛毡迭帊，示辱而已。"穿了厚棉裤，又垫着几层毡子，打起来想必不会太疼。但就这样也够呛，挨打以后，要"卧床数日，而后得愈"。"正德初年，逆瑾（刘瑾）用事，恶廷臣，始去衣。"——那就说脱了裤子，露出屁股挨打了。"遂有杖死者。"掌刑的是"厂卫"。明朝宦官掌握的特务机关有东厂、西厂，后来又有中行厂。廷杖在午门外举行，抡杖的该是中行厂的锦衣卫。五凤楼下，血肉横飞，是何景象？

不知从什么时候起，五凤楼就很少有人上去。“马道”的门锁着。民国以后，在这里建立了历史博物馆。据历史博物馆的老工友说，建馆后，曾经修缮过一次，从城楼的天花板上扫出了一些烧鸡骨头、荔枝壳和桂圆壳。他们说，这是“飞贼”留下来的。北京的“飞贼”做了案，就到五凤楼天花板上藏着，谁也找不着——那倒是，谁能搜到这样的地方呢？老工友们说，“飞贼”用一根麻绳，一头系一个大铁钩，一甩麻绳，把铁钩搭在城垛子上，三把两把，就“就”上来了。这种情形，他们谁也不会见过，但是言之凿凿。这种燕子李三式的人物引起老工友们美丽的向往，因为他们都已经老了，而且有的已经半身不遂。

“历史博物馆”名目很大，但是没有多少藏品，东边的马道里有两尊“将军炮”，是很大的铜炮，炮管有两丈多长。一尊叫作“武威将军炮”，另一尊叫什么将军炮，忘了。据说张勋复辟时曾起用过两尊将军炮，有的老工友说他还听到过军令：“传武威将军炮！”“传××将军炮！”是谁传？张勋，还是张勋的对立面？说不清。马道拐角处有一架李大钊烈士就义的绞刑机。据说这架绞刑机是德国进口的，只用过一次。为什么要把这东西陈列在这里呢？我们在写说明卡片时，实在不知道如何下笔。

城楼（我们习惯叫做“正殿”）里保留了皇上的宝座。两边铁架子上挂着十多件袁世凯祭孔用的礼服，黑缎的面料，白领子，式样古怪，道袍不像道袍。这一套服装为什么陈列在这里，也莫名其妙。

四个方亭子陈列的都是没有多大价值，也不值什么钱的文物：不知道来历的墓志、烧瘫在“匣”里的钧窑瓷碗、清代的“黄册”（为征派赋役编造的户口册）、殿试的卷子、大臣的奏折……西北角一间亭子里陈列的东西却有点特别，是多种刑具。有两把杀人用的鬼头刀，都只有一尺多长。我这才知道，杀头不是用力把脑袋砍下来，而是用“巧劲”把脑袋“切”下来。最引人注意的是一套凌迟用的刀具，装在一个木匣里，有一二十把，大小不一。还有一把细长的锥子。据说受凌迟的人挨了很多刀，还不会死，最后要用这把锥子刺穿心脏，才会气绝。中国的剐刑搞得这样精细而科学，真是令人叹为观止。

整天和一些价值不大、不成系统的文物打交道，真正是“抱残守缺”。日子过得倒是蛮清闲的。白天检查检查仓库，更换更换说明卡片，翻翻资料，都是可做可不做的事情。下班后，到左掖门外筒子河边看看算卦的算卦，——河边有好几个卦摊；看人叉鱼，——叉鱼的沿河走，捏着鱼叉，欻地一叉下去，一条二尺来长的黑鱼就叉上来了。到了晚上，天安门、端门、左右掖门都关死了，我就到屋里看书。我住的宿舍在右掖门旁边，据说原是锦衣卫——就是执行廷杖的特务值宿的房子。四外无声，异常安静。我有时走出房门，站在午门前的石头坪场上，仰看满天星斗，觉得全世界都是凉的，就我这里一点是热的。

北平一解放，我就告别了午门，参加四野南下工作团南下了。从此就再也没有到午门去看过，不知道午门现在是什么样子。

有一件事可以记一记。解放前一天，我们正准备迎接解放，来了一个人，说：“你们赶紧收拾收拾，我们还要办事呢！”他是想在午门上登基。这人是个疯子。

一九八六年一月九日

昆明的雨

宁坤要我给他画一张画，要有昆明的特点。我想了一些时候，画了一幅：右上角画了一片倒挂着的浓绿的仙人掌，末端开出一朵金黄色的花；左下画了几朵青头菌和牛肝菌。题了这样几行字：

昆明人家常于门头挂仙人掌一片以辟邪，仙人掌悬空倒挂，尚能存活开花。于此可见仙人掌生命之顽强，亦可见昆明雨季空气之湿润。雨季则有青头菌、牛肝菌，味极鲜腴。

我想念昆明的雨。

我以前不知道有所谓雨季。“雨季”，是到昆明以后才有了具体感受的。

我不记得昆明的雨季有多长，从几月到几月，好像是相当长的。但是并不使人厌烦。因为是下下停停、停停下下，不是连绵不断，下起来没完。而且并不使人气闷。我觉得昆明雨季气压不低，人很舒服。

昆明的雨季是明亮的、丰满的，使人动情的。城春草木深，孟夏草木长。昆明的雨季，是浓绿的。草木的枝叶里的水分都到了饱和状态，显示出过分的、近于夸张的旺盛。

我的那张画是写实的。我确实亲眼看见过倒挂着还能开花的仙人掌。旧日昆明人家门头上用以辟邪的多是这样一些东西：一面小镜子，周围画着八卦，下面便是一片仙人掌，——在仙人掌上扎一个洞，用麻线穿了，挂在钉子上。昆明仙人掌多，且极肥大。有些人家在菜园的周围种了一圈仙人掌以代替篱笆。——种了仙人掌，猪羊便不敢进园吃菜了。仙人掌有刺，猪和羊怕扎。

昆明菌子极多。雨季逛菜市场，随时可以看到各种菌子。最多，也最便宜的是牛肝菌。牛肝菌下来的时候，家家饭馆卖炒牛肝菌，连西南联大食堂的桌子上都可以有一碗。牛肝菌色如牛肝，滑，嫩，鲜，香，很好吃。炒牛肝菌须多放蒜，否则容易使人晕倒。青头菌比牛肝菌略贵。这种菌子炒熟了也还是浅绿色的，格调比牛肝菌高。菌中之王是鸡㙡，味道鲜浓，无可方比。鸡㙡是名贵的山珍，但并不真的贵得惊人。一盘红烧鸡㙡的价钱和一碗黄焖鸡不相上下，因为这东西在云南并不难得。有一个笑话：有人从昆明坐火车到呈贡，在车上看到地上有一棵鸡㙡，他跳下去把鸡㙡捡了，紧赶两步，还能爬上火车。这笑话用意在说明昆明到呈贡的火车之慢，但也说明鸡㙡随处可见。有一种菌子，中吃不中看，叫作干巴菌。乍一看那样子，真叫人怀疑：这种东西也能吃？！颜色深褐带绿，有点像一堆半干的牛粪或一个被踩破了的马蜂窝。里头还有许多草茎、松毛、乱七八糟！可是下点工夫，把草茎松毛择净，撕成蟹腿肉粗细的丝，和青辣椒同炒，入口便会使你张目结舌：这东西这么好吃？！还有一种菌子，中看不中吃，叫鸡油菌。都是一般大小，有一块银圆那样大，滴溜圆，颜色浅黄，恰似鸡油一样。这种菌子只能做菜时配色用，没甚味道。

雨季的果子，是杨梅。卖杨梅的都是苗族女孩子，戴一顶小花帽子，穿着扳尖的绣了满帮花的鞋，坐在人家阶石的一角，不时吆唤一声："卖杨梅——"声音娇娇的。她们的声音使得昆明雨季的空气更加柔和了。昆明的杨梅很大，有一个乒乓球那样大，颜色黑红黑红的，叫作"火炭梅"。这个名字起得真好，真是像一球烧得炽红的火炭！一点都不酸！我吃过苏州洞庭山的杨梅、井冈山的杨梅，好像都比不上昆明的火炭梅。

雨季的花是缅桂花。缅桂花即白兰花，北京叫做"把儿兰"（这个名字真不好听）。云南把这种花叫做缅桂花，可能最初这种花是从缅甸传入的，而花的香味又有点像桂花，其实这跟桂花实在没有什么关系。——不过话又说回来，别处叫它白兰、把儿兰，它和兰花也挨不上呀，也不过是因为它很香，香得像兰花。我在家乡看到的白兰多是一人高，昆明的缅桂是大树！我在若园巷二号住过，院里有一棵大缅桂，密密的叶子，把四周房间都映绿了。缅桂盛开的时候，房东（是一个五十多岁的寡妇）就和她的一个养女。搭了梯子上去摘，每天要摘下来好些，拿到花市上去卖。她大概是怕房客们乱摘她的花，时常给各家送去一些。有时送来一个七寸盘子，里面摆得满满的缅桂花！带着雨珠的缅桂花使我的心软软的，不是怀人，不是思乡。

雨，有时是会引起人一点淡淡的乡愁的。李商隐的《夜雨寄北》

是为许多久客的游子而写的。我有一天在积雨少住的早晨和德熙从联大新校舍到莲花池去。看了池里的满池清水，看了作比丘尼装的陈圆圆的石像（传说陈圆圆随吴三桂到云南后出家，暮年投莲花池而死），雨又下起来了。莲花池边有一条小街，有一个小酒店，我们走进去，要了一碟猪头肉，半市斤酒（装在上了绿釉的土瓷杯里），坐了下来。雨下大了。酒店有几只鸡，都把脑袋反插在翅膀下面，一只脚着地，一动也不动地在檐下站着。酒店院子里有一架大木香花。昆明木香花很多。有的小河沿岸都是木香。但是这样大的木香却不多见。一棵木香，爬在架上，把院子遮得严严的。密匝匝的细碎的绿叶，数不清的半开的白花和饱涨的花骨朵，都被雨水淋得湿透了。我们走不了，就这样一直坐到午后。四十年后，我还忘不了那天的情味，写了一首诗：

莲花池外少行人，
野店苔痕一寸深。
浊酒一杯天过午，
木香花湿雨沉沉。

我想念昆明的雨。

一九八四年五月十九日

多年父子成兄弟

一个想用自己理想的模式塑造自己的孩子的父亲是愚蠢的，而且，可恶！

星斗其文，赤子其人

——怀念沈从文老师

沈先生逝世后，傅汉斯、张充和从美国电传来一幅挽辞。字是晋人小楷，一看就知道是张充和写的。词想必也是她拟的。只有四句：

> 不折不从　亦慈亦让
>
> 星斗其文　赤子其人

这是嵌字格，但是非常贴切，把沈先生的一生概括得很全面。这位四妹对三姐夫沈二哥真是非常了解。——荒芜同志编了一本《我所认识的沈从文》，写得最好的一篇，我以为也应该是张充和写的《三姐夫沈二哥》。

沈先生的血管里有少数民族的血液。他在填履历表时，“民族”一栏里填土家族或苗族都可以，可以由他自由选择。湘西有少数民族血统的人大都有一股蛮劲，狠劲，做什么都要做出一个名堂。黄永玉就是这样的人。沈先生瘦瘦小小（晚年发胖了），但是有用不完的精力。他小时是个顽童，爱游泳（他叫“游水”）。进城后好像就不游了。三姐（师母张兆和）很想看他游一次泳，但是没有看到。我当然更没有看到过。他少年当兵，飘泊转徙，很少连续几晚睡在同一张床上。吃的东西，最好的不过是切成四方的大块猪肉（煮在豆芽菜汤里）。行军、拉船，锻炼出一副极富耐力的体魄。二十岁冒冒失失地闯到北平来，举目无亲。连标点符号都不会用，就想用手中一支笔打出一个天下。经常为弄不到一点东西“消化消化”而发愁。冬天屋里生不起火，用被子围起来，还是不停地写。我一九四六年到上海，因为找不到职业，情绪很坏，他写信把我大骂了一顿，说：“为了一时的困难，就这样哭哭啼啼的，甚至想到要自杀，真是没出息！你手中有一支笔，怕什么！”他在信里说了一些他刚到北京时的情形。同时又叫三姐从苏州写了一封很长的信安慰我。他真的用一支笔打出了一个天下了。一个只读过小学的人，竟成了一个大作家，而且积累了那么多的学问，真是一个奇迹。

沈先生很爱用一个别人不常用的词：“耐烦”。他说自己不是天才（他应当算是个天才），只是耐烦。他对别人的称赞，也常说“要算耐烦”。看见儿子小虎搞机床设计时，说“要算耐烦”。看见孙女小红做作业时，也说“要算耐烦”。他的“耐烦”，意思就是锲而不舍，不怕费劲。一个时期，沈先生每个月都要发表几篇小说，每年都要出几本书，被称为“多产作家”，但是写东西不是很快的，从来不是一挥而就。他年轻时常常日以继夜地写。他常流鼻血。血液凝聚力差，一流起来不易止住，很怕人。有时夜间写作，竟致晕倒，伏在自己的一摊鼻血里，第二天才被人发现。我就亲眼看到过他的带有鼻血痕迹的手稿。他后来还常流鼻血，不过不那么厉害了。他自己知道，并不惊慌。很奇怪，他连续感冒几天，一流鼻血，感冒就好了。他的作品看起来很轻松自如，若不经意，但都是苦心刻琢出来的。《边城》一共不到七万字，他告诉我，写了半年。他这篇小说是《国闻周报》上连载的，每期一章。小说共二十一章，21×7=147，我算了算，差不多正是半年。这篇东西是他新婚之后写的，那时他住在达子营。巴金住在他那里。他们每天写，巴老在屋里写，沈先生搬个小桌子，在院子里树荫下写。巴老写了一个长篇，沈先生写了《边城》。他称他的小说为“习作”，并不完全是谦虚。有些小说是为了教创作课给学生示范而写的，因此试验了各种方法。为了教学生写对话，有的小说通篇都用对话组成，如《若墨医生》；有的，一句对话也没有。《月下小景》确是为了履行许给张家小五的诺言“写故事给你看”而写的。同时，当然是为了试验一下“讲故事”的方法（这一组“故事”明显地看得出受了《十日谈》和《一千零一夜》的影响）。同时，也为了试验一下把六朝译经和口语结合的文体。这种试验，后来形成一种他自己说是“文白夹杂”的独特的沈从文体，在四十年代的文字（如《烛虚》）中尤为成熟。他的亲戚，语言学家周有光曾说“你的语言是古英语”，甚至是拉丁文。沈先生讲创作，不大爱说“结构”，他说是“组织”。我也比较喜欢“组织”这个词。“结构”过于理智，“组织”更带感情，较多作者的主观。他曾把一篇小说一条一条地裁开，用不同方法组织，看看哪一种形式更为合适。沈先生爱改自己的文章。他的原稿，一改再改，天头地脚页边，都是修改的字迹，蜘蛛网似的，这里牵出一条，那里牵出一条。作品发表了，改。成书了，改。看到自己的文章，总要改。有时改了多次，反而不如原来的，以致三姐后来不许他改了（三姐是沈先生文集的一个极其细心，极其认真的义务责任编辑）。沈先生的作品写得最快，最顺畅，改得最少的，只有一本《从文自传》。这本自传没有经过冥思苦想，只用了三个星期，一气呵成。

他不大用稿纸写作。在昆明写东西，是用毛笔写在当地出产的竹纸上的，自己折出印子。他也用钢笔，蘸水钢笔。他抓钢笔的手势有点像抓毛笔（这一点可以证明他不是洋学堂出身）。《长河》就是用钢笔写的，写在一个硬面的练习簿上，直行，两面写。他的原稿的字很清楚，不潦草，但写的是行书。不熟悉他的字体的排字工人是会感到困难的。他晚年写信写文章爱用秃笔淡墨。用秃笔写那样小的字，不但清楚，而且顿挫有致，真是一个功夫。

他很爱他的家乡。他的《湘西》《湘行散记》和许多篇小说可以作证。他不止一次和我谈起棉花坡，谈起枫树坳，——一到秋天满城落了枫树的红叶。一说起来，不胜神往。黄永玉画过一张凤凰沈家门外的小巷，屋顶墙壁颇零乱，有大朵大朵的红花——不知是不是夹竹桃，画面颜色很浓，水气泱泱。沈先生很喜欢这张画，说："就是这样！"八十岁那年，和三姐一同回了一次凤凰，领着她看了他小说中所写的各处，都还没有大变样。家乡人闻知沈从文回来了，简直不知怎样招待才好。他说："他们为我捉了一只锦鸡！"锦鸡毛羽很好看，他很爱那只锦鸡，还抱着它照了一张相，后来知道竟做了他的盘中餐，对三姐说"真煞风景！"锦鸡肉并不怎么好吃。沈先生说及时大笑，但也表现出对乡人的殷勤十分感激。他在家乡听了傩戏，这是一种古调犹存的很老的弋阳腔。打鼓的是一位七十多岁的老人，他对年轻人打鼓失去旧范很不以为然。沈先生听了，说："这是楚声，楚声！"他动情地听着"楚声"，泪流满面。

沈先生八十岁生日，我曾写了一首诗送他，开头两句是：

犹及回乡听楚声，
此身虽在总堪惊。

端木蕻良看到这首诗，认为"犹及"二字很好。我写下来的时候就有点觉得这不大吉利，没想到沈先生再也不能回家乡听一次了！他的家乡每年有人来看他，沈先生非常亲切地和他们谈话，一坐半天。每当同乡人来了，原来在座的朋友或学生就只有退避在一边，听他们谈话。沈先生很好客，朋友很多。老一辈的有林宰平、徐志摩。沈先生提及他们时充满感情。没有他们的提挈，沈先生也许就会当了警察，或者在马路旁边"瘪了"。我认识他后，他经常来往的有杨振声、张奚若、金岳霖、朱光潜诸先生、梁思成林徽因夫妇。他们的交往真是君子之交，既无朋党色彩，也无酒食征逐。清茶一杯，闲谈片刻。杨先生有一次托沈先生带信，让我到南锣鼓巷他的住处去，我以为有什么事。去了，只是他亲自给我煮一杯咖啡，让我看一本他收藏的姚茫父的册页。这册页的芯子只有火柴盒那样大，横的，是山水，用极富金石味的墨线勾轮廓，设极重的青绿，真是妙品。杨先生对待我这个初露头角的学生如此，则其接待沈先生的情形可知。杨先生和沈先生夫妇曾在颐和园住过一个时期，想来也不过是清晨或黄昏到后山谐趣园一带走走，看看湖里的金丝莲，或写出一张得意的字来，互相欣赏欣赏，其余时间各自在屋里读书做事，如此而已。沈先生对青年的帮助真是不遗余力。他曾经自己出钱为一个诗人出了第一本诗集。一九四七年，诗人柯原的父亲故去，家中拉了一笔债，沈先生提出卖字来帮助他。《益世报》登出了沈从文卖字的启事，买字的可定出规格，而将价款直接寄给诗人。柯原一九八〇年去看沈先生，沈先生才记起有这回事。他对学生的作品细心修改，寄给相熟的报刊，尽量争取发表。他这辈子为学生寄稿的邮费，加起来是一个相当可观的数字。抗战时期，通货膨胀，邮费也不断涨，往往寄一封信，信封正面反面都得贴满邮票。为了省一点邮费，沈先生总是把稿纸的天头地脚页边都裁去，只留一个稿芯，这样分量轻一点。稿子发表了，稿费寄来，他必为亲自送去。李霖灿在丽江画玉龙雪山，他的画都是寄到昆明，由沈先生代为出手的。我在昆明写的稿子，几乎无一篇不是他寄出去的。一九四六年，郑振铎、李健吾先生在上海创办《文艺复兴》，沈先生把我的《小学校的钟声》和《复仇》寄去。这两篇稿子写出已经有几年，当时无地方可发表。稿子是用毛笔楷书写在学生作文的绿格本上的，郑先生收到，发现稿纸上已经叫蠹虫蛀了好些洞，使他大为激动。沈先生对我这个学生是很喜欢的。为了躲避日本飞机空袭，他们全家有一阵住在呈贡新街后迁跑马山桃源新村。沈先生有课时进城住两三天。他进城时，我都去看他。交稿子，看他收藏的宝贝，借书。沈先生的书是为了自己看，也为了借给别人看的。“借书一痴，还书一痴”，借书的痴子不少，还书的痴子可不多。有些书借出去一去无踪。有一次，晚上，我喝得烂醉，坐在路边，沈先生到一处演讲回来，以为是一个难民，生了病，走近看看，是我！他和两个同学把我扶到他住处，灌了好些酽茶，我才醒过来。有一回我去看他，牙疼，腮帮子肿得老高。沈先生开了门，一看，一句话没说，出去买了几个大橘子抱着回来了。沈先生的家庭是我见到的最好的家庭，随时都在亲切和谐气氛中。两个儿子，小龙小虎，兄弟怡怡。他们都很高尚清白，无丝毫庸俗习气，无一句粗鄙言语，——他们都很幽默，但幽默得很温雅。一家人于钱上都看得很淡。《沈从文文集》的稿费寄到，九千多元，大概开过家庭会议，又从存款中取出几百元，凑成一万，寄到家乡办学。沈先生也有生气的时候，也有极度烦恼痛苦的时候，在昆明，在北京，我都见到过，但多数时候都是笑眯眯的。他总是用一种善意的、含情的微笑，来看这个世界的一切。到了晚年，喜欢放声大笑，笑得合不拢嘴，且摆动双手作势，真像一个孩子。只有看破一切人事乘除，得失荣辱全置度外，心地明净无渣滓的人，才能这样畅快地大笑。

沈先生五十年代后放下写小说散文的笔（偶然还写一点，笔下仍极活泼，如写纪念陈翔鹤文章，实写得极好），改业钻研文物，而且钻出了很大的名堂，不少中国人、外国人都很奇怪。实不奇怪。沈先生很早就对历史文物有很大兴趣。他写的关于展子虔游春图的文章，我以为是一篇重要文章，从人物服装颜色式样考订图画的年代和真伪，是别的鉴赏家所未注意的方法。他关于书法的文章，特别是对宋四家的看法，很有见地。在昆明，我陪他去遛街，总要看看市招，到裱画店看看字画。昆明市政府对面有一堵大照壁，写满了一壁字（内容已不记得，大概不外是总理遗训），字有七八寸见方大，用二爨掺一点北魏造像题记笔意，白墙蓝字，是一位无名书家写的，写得实在好。我们每次经过，都要去看看。昆明有一位书法家叫吴忠荩，字写得极多，很多人家都有他的字，家家裱画店都有他的刚刚裱好的字。字写得很熟练，行书，只是用笔枯扁，结体少变化。沈先生还去看过他，说“这位老先生写了一辈子字！”意思颇为他水平受到限制而惋惜。昆明碰碰撞撞都可见到黑漆金字抱柱楹联上钱南园的四方大颜字，也还值得一看。沈先生到北京后即喜欢搜集瓷器。有一个时期，他家用的餐具都是很名贵的旧瓷器，只是不配套，因为是一件一件买回来的。他一度专门搜集青花瓷。买到手，过一阵就送人。西南联大好几位助教、研究生结婚时都收到沈先生送的雍正青花的茶杯或酒杯。沈先生对陶瓷赏鉴极精，一眼就知是什么朝代的。一个朋友送我一个梨皮色釉的粗瓷盒子，我拿去给他看，他说：“元朝东西，民间窑！”有一阵搜集旧纸，大都是乾隆以前的。多是染过色的，瓷青的、豆绿的、水红的，触手细腻到像煮熟的鸡蛋白外的薄皮，真是美极了。至于茧纸、高丽发笺，那是凡品了（他搜集旧纸，但自己舍不得用来写字。晚年写字用糊窗户的高丽纸，他说：“我的字值三分钱。”）。

在昆明，搜集了一阵耿马漆盒。这种漆盒昆明的地摊上很容易买到，且不贵。沈先生搜集器物的原则是“人弃我取”。其实这种竹胎的，涂红黑两色漆，刮出极繁复而奇异的花纹的圆盒是很美的。装点心，装花生米、装邮票杂物均合适，放在桌上也是个摆设。这种漆盒也都陆续送人了。客人来，坐一阵，临走时大都能带走一个漆盒。有一阵研究中国丝绸，弄到许多大藏经的封面，各种颜色都有：宝蓝的、茶褐的、肉色的，花纹也是各式各样。沈先生后来写了一本《中国丝绸图案》。有一阵研究刺绣。除了衣服、裙子，弄了好多扇套、眼镜盒、香袋。不知他是从哪里“寻摸”来的。这些绣品的针法真是多种多样。我只记得有一种绣法叫“打子”，是用一个一个丝线疙瘩缀出来的。他给我看一种绣品，叫“七色晕”，用七种颜色的绒绣成一个团花，看了真叫人发晕。他搜集、研究这些东西，不是为了消遣，是从中发现、证实中国历史文化的优越这个角度出发的，研究时充满感情。我在他八十岁生日写给他的诗里有一联：

玩物从来非丧志，
著书老去为抒情。

这全是纪实。沈先生提及某种文物时常是赞叹不已。马王堆那副不到一两重的纱衣，他不知说了多少次。刺绣用的金线原来是盲人用一把刀，全凭手感，就金箔上切割出来的。他说起时非常感动。有一个木俑（大概是楚俑）一尺多高，衣服非常特别：上衣的一半（连同袖子）是黑色，一半是红的；下裳正好相反，一半是红的，一半是黑的。沈先生说：“这真是现代派！”如果照这样式（一点不用修改）做一件时装，拿到巴黎去，由一个长身细腰的模特儿穿起来，到表演台上转那么一转，准能把全巴黎都“镇”了！他平生搜集的文物，在他生前全都分别捐给了几个博物馆、工艺美术院校和工艺美术工厂，连收条都不要一个。

沈先生自奉甚薄。穿衣服从不讲究。他在《湘行散记》里说他穿了一件细毛料的长衫，这件长衫我可没见过。我见他时总是一件洗得褪了色的蓝布长衫，夹着一摞书，匆匆忙忙地走。解放后是蓝卡其布或涤卡的干部服，黑灯芯绒的“懒汉鞋”。有一年做了一件皮大衣（我记得是从房东手里买得的一件旧皮袍改制的，灰色粗线呢面），他穿在身上，说是很暖和，高兴得像一个孩子。吃得很清淡。我没见他下过一次馆子。在昆明，我到文林街二十号他的宿舍去看他，到吃饭时总是到对面米线铺吃一碗一角三分钱的米线。有时加一个西红柿，打一个鸡蛋，超不过两角五分。三姐是会做菜的，会做八宝糯米鸭，炖在一个大砂锅里，但不常做。他们住在中老胡同时，有时张充和骑自行车到前门月盛斋买一包烧羊肉回来，就算加了菜了。在小羊宜宾胡同时，常吃的不外是炒四川的菜头，炒茨菰。沈先生爱吃茨菰，说“这个好，比土豆‘格’高”。他在《自传》中说他很会炖狗肉，我在昆明、在北京都没见他炖过一次。有一次他到他的助手王亚蓉家去，先来看看我（王亚蓉住在我们家马路对面，——他七十多了，血压高到二百多，还常为了一点研究资料上的小事到处跑），我让他过一会来吃饭。他带来一卷画，是古代马戏图的摹本，实在是很精彩。他非常得意地问我的女儿：“精彩吧？”那天我给他做了一只烧羊腿，一条鱼。他回家一再向三姐称道：“真好吃。”他经常吃的荤菜，是：猪头肉。

他的丧事十分简单。他凡事不喜张扬，最反对搞个人的纪念活动。反对“办生做寿”。他生前屡次嘱咐家人，他死后，不开追悼会，不举行遗体告别。但火化之前，总要有一点仪式。新华社消息的标题是沈从文告别亲友和读者，是合适的。只通知少数亲友。——有一些景仰他的人是未接通知自己去的。不收花圈，只有约二十多个布满鲜花的花篮，很大的白色的百合花、康乃馨、菊花、菖兰。参加仪式的人也不戴纸制的白花，但每人发给一枝半开的月季，行礼后放在遗体边。不放哀乐，放沈先生生前喜爱的音乐，如贝多芬的《悲怆奏鸣曲》等。沈先生面色如生，很安详地躺着。我走近他身边，看着他，久久不能离开。这样一个人，就这样地去了。我看他一眼，又看一眼，我哭了。

沈先生家有一盆虎耳草，种在一个椭圆形的小小钧窑盆里。很多人不认识这种草。这就是《边城》里翠翠在梦里采摘的那种草，沈先生喜欢的草。

一九八八年五月二十六日

多年父子成兄弟

这是我父亲的一句名言。

父亲是个绝顶聪明的人。他是画家，会刻图章，画写意花卉。图章初宗浙派，中年后治汉印。他会摆弄各种乐器，弹琵琶，拉胡琴，笙箫管笛，无一不通。他认为乐器中最难的其实是胡琴，看起来简单，只有两根弦，但是变化很多，两手都要有功夫。他拉的是老派胡琴，弓子硬，松香滴得很厚——现在拉胡琴的松香都只滴了薄薄的一层。他的胡琴音色刚亮。胡琴码子都是他自己刻的，他认为买来的不中使。他养蟋蟀，养金铃子。他养过花，他养的一盆素心兰在我母亲病故那年死了，从此他就不再养花。我母亲死后，他亲手给她做了几箱子冥衣——我们那里有烧冥衣的风俗。按照母亲生前的喜好，选购了各种花素色纸作衣料，单夹皮棉，四时不缺。他做的皮衣能分得出小麦穗、羊羔、灰鼠、狐肷。

父亲是个很随和的人，我很少见他发过脾气，对待子女，从无疾言厉色。他爱孩子，喜欢孩子，爱跟孩子玩，带着孩子玩。我的姑妈称他为“孩子头”。春天，不到清明，他领一群孩子到麦田里放风筝。放的是他自己糊的蜈蚣（我们那里叫“百脚”），是用染了色的绢糊的。放风筝的线是胡琴的老弦。老弦结实而轻，这样风筝可笔直地飞上去，没有“肚儿”。用胡琴弦放风筝，我还未见过第二人。清明节前，小麦还没有“起身”，是不怕践踏的，而且越踏会越长得旺。孩子们在屋里闷了一冬天，在春天的田野里奔跑跳跃，身心都极其畅快。他用钻石刀把玻璃裁成不同形状的小块，再一块一块逗拢，接缝处用胶水粘牢，做成小桥、小亭子、八角玲珑水晶球。桥、亭、球是中空的，里面养了金铃子。从外面可以看到金铃子在里面自在爬行，振翅鸣叫。他会做各种灯。用浅绿透明的“鱼鳞纸”扎了一只纺织娘，栩栩如生。用西洋红染了色，上深下浅的通草做花瓣，做了一个重瓣荷花灯，真是美极了。在小西瓜（这是拉秧的小瓜，因其小，不中吃，叫作“打瓜”或“骂瓜”）上开小口挖净瓜瓤，在瓜皮上雕镂出极细的花纹，做成西瓜灯。我们在这些灯里点了蜡烛，穿街过巷，邻居的孩子都跟过来看，非常羡慕。

父亲对我的学业是关心的，但不强求。我小时了了，国文成绩一直是全班第一。我的作文，时得佳评，他就拿出去到处给人看。我的数学不好，他也不责怪，只要能及格，就行了。他画画，我小时也喜欢画画，但他从不指点我。他画画时，我在旁边看，其余时间由我自己乱翻画谱，瞎抹。我对写意花卉那时还不太会欣赏，只是画一些鲜艳的大桃子，或者我从来没有见过的瀑布。我小时字写得不错，他倒是给我出过一点主意。在我写过一阵《圭峰碑》和《多宝塔》以后，他建议我写写

《张猛龙》。这建议是很好的，到现在我写的字还有《张猛龙》的影响。我初中时爱唱戏，唱青衣，我的嗓子很好，高亮甜润。在家里，他拉胡琴，我唱。我的同学有几个能唱戏的。学校开同乐会，他应我的邀请，到学校去伴奏。几个同学都只是清唱。有一个姓费的同学借到一顶纱帽，一件蓝官衣，扮起来唱《朱砂井》，但是没有配角，没有衙役，没有犯人，只是一个赵廉，摇着马鞭在台上走了两圈，唱了一段"郿坞县在马上心神不定"便完事下场。父亲那么大的人陪着几个孩子玩了一下午，还挺高兴。我十七岁初恋，暑假里，在家写情书，他在一旁瞎出主意。我十几岁就学会了抽烟喝酒。他喝酒，给我也倒一杯。抽烟，一次抽出两根他一根我一根。他还总是先给我点上火。我们的这种关系，他人或以为怪。父亲说："我们是多年父子成兄弟。"

我和儿子的关系也是不错的。我戴了"右派分子"的帽子下放张家口农村劳动，他那时还从幼儿园刚毕业，刚刚学会汉语拼音，用汉语拼音给我写了第一封信。我也只好赶紧学会汉语拼音，好给他写回信。"文化大革命"期间，我被打成"黑帮"，送进"牛棚"。偶尔回家，孩子们对我还是很亲热。我的老伴告诫他们："你们要和爸爸'划清界限'。"儿子反问母亲："那你怎么还给他打酒？"只有一件事，两代之间，曾有分歧。他下放山西忻县"插队落户"。按规定，春节可以回京探亲。我们等着他回来。不料他同时带回了一个同学。他这个同学的父亲是一位正受林彪迫害，搞得人囚家破的空军将领。这个同学在北京已经没有家，按照大队的规定是不能回北京的。但是这孩子很想回北京，在一伙同学的秘密帮助下，我的儿子就偷偷地把他带回来了。他连"临时户口"也不能上，是个"黑人"。我们留他在家住，等于"窝藏”了他，公安局随时可以来查户口，街道办事处的大妈也可能举报。当时人人自危，自顾不暇，儿子惹了这么一个麻烦，使我们非常为难。我和老伴把他叫到我们的卧室，对他的冒失行为表示很不满。我责备他：“怎么事前也不和我们商量一下！”我的儿子哭了，哭得很委屈，很伤心。我们当时立刻明白了：他是对的，我们是错的。我们这种怕担干系的思想是庸俗的。我们对儿子和同学之间的义气缺乏理解，对他的感情不够尊重。他的同学在我们家一直住了四十多天，才离去。

对儿子的几次恋爱，我采取的态度是“闻而不问”。了解，但不干涉。我们相信他自己的选择，他的决定。最后，他悄悄和一个小学时期的女同学好上了，结了婚。有了一个女儿，已近七岁。

我的孩子有时叫我“爸”，有时叫我“老头子”！连我的孙女也跟着叫。我的亲家母说这孩子“没大没小”。我觉得一个现代化的、充满人情味的家庭，首先必须做到“没大没小”。父母叫人敬畏，儿女“笔管条直”，最没有意思。

儿女是属于他们自己的。他们的现在，和他们的未来，都应由他们自己来设计。一个想用自己理想的模式塑造自己的孩子的父亲是愚蠢的，而且，可恶！另外，作为一个父亲，应该尽量保持一点童心。

一九九〇年九月一日

一辈古人

靳德斋

天王寺是高邮八大寺之一。这寺里曾藏过一幅吴道子画的观音。这是可信的。清李必恒还曾赋长诗题咏，看诗意，此人是见过这幅画的。天王寺始建于宋淳熙年，明代为倭寇焚毁（我的家乡还闹过倭寇，以前我不知道），清初重建。这幅画想是宋代传下来的。据说有一个当地方官的要去看看，从此即不知下落，这不知是什么年间的事（一说是“文化大革命”中被毁于扬州）。反正，这幅画后来没有了。

天王寺在臭河边。“臭河边”是地名，自北市口至越塘一带属于“后街”的地方都叫臭河边。有一条河，却不叫“臭河”，我到现在还没有考察出来应该叫什么河，这一带的居民则简单地称之曰“河”。天王寺濒河，山门（寺庙的山门都是朝南的）外即是河水。寺的殿宇高大，佛像也高大，但是多年没有修饰，显得暗旧。寺里僧众颇多，我们家凡做佛事，都是到天王寺去请和尚。但是寺里香火不盛，很幽静。我父亲曾于月夜到天王寺找和尚闲谈，在大殿前石坪上看到一条鸡冠蛇，他三步蹿上台阶，才没被咬着。鸡冠蛇即眼镜蛇，有剧毒。蛇不能上台阶，父亲才能逃脱，未被追上。寺庙中有蛇，本是常事，但也说明人迹稀少矣。

天王寺常常驻兵。我的小说《陈小手》里写的“天王庙”，即天王寺。驻在寺里的兵一般都很守规矩，并不骚扰百姓。我曾见一个兵半躺在探到水面上的歪脖柳树上吹箫，这是一个很独特的画境。

我是三天两头要到天王寺的。从我读的小学放学回家，倘不走正街（东大街），走后街，天王寺是必经的。我去看“烧房子”。我们那里有这样的风俗，给死去的亲人烧房子。房子是到纸扎店订制的，当然要比真房子小，但人可以走进去。有厅，有室，有花园，花园里有花，厅堂里有桌有椅，有自鸣钟，有水烟袋！烧房子在天王寺的旁门（天王寺有个旁门，朝西）边的空地上。和尚敲动法器，念一通经，然后由亲属举火烧掉（房子下面都铺了稻草，一点就着）。或者什么也没得看，就从旁门进去，“随喜”一番，看看佛像，在大的青石上躺一躺。大殿里凉飕飕的，夏天，躺在青石上，窨人。

天王寺附近住过一个传奇性的人物，叫靳德斋。这人是个练武的。江湖上流传两句话：“打遍天下无敌手，谨防高邮靳德斋。”说是，有一个外地练武的，不服，远道来找靳德斋较量。靳德斋不在家，邻居说他打酱油醋去了。这人就在竺家巷（出竺家巷不远即是天王寺，我的继母和异母弟妹现在还住在竺家巷）一家茶馆里等他。有人指给他：这就是靳德斋。这人一看，靳德斋一手端着满满一碗酱油、一手端着满满一碗醋，快走如飞，但是碗里的酱油、醋却纹丝不动。这人当时就离开高邮，搭船走了。

靳德斋练的这叫什么功？两手各持酱油醋碗，行走如飞，酱油醋不动，这可能么？不过用这种办法来表现一个武师的功夫，却是很别致的，这比挥刀舞剑，口中“嗨嗨”地乱喊，更富于想象。

我小时走过天王寺，看看那一带的民居，总想：哪一处是靳德斋曾经住过的呢？

后于靳德斋，也在天王寺附近住过的，有韩小辫。这人是教过我祖父拳术的。清代的读书人，除了读圣贤书之外，大都还要学两样东西，一是学佛，一是学武，这是一时风气。据我父亲说，祖父年轻时腿脚是很有功夫的。他有一次下乡“看青”（看青即看作物的长势），夜间遇到一个粪坑。我们那里乡下的粪坑，多在路侧，坑满，与地平，上结薄壳，夜间不辨其为坑为地。他左脚踏上，知是粪坑，右脚使劲一跃，即越过粪坑。想一想，于瞬息之间，转换身体的重心，尽力一跃，倘无功夫，是不行的。祖父是得到韩小辫的一点传授的。韩小辫的一家都是练功的。他的夫人能把一张板凳放倒，板凳的两条腿着地，两条腿翘着，她站在翘起的板凳脚上，作骑马蹲裆势，以一块方石置于膝上，用毛笔大书“天下太平”四字，然后推石一跃而下。这是很不容易的，何况她是小脚。夫人如此，韩小辫功夫可知。这是我父亲告诉我的，不知是他亲见，还是得诸传闻。我父亲年轻时学过武艺，想不妄语。

张仲陶

《故乡的食物》有一段：

> 我父亲有一个很怪的朋友，叫张仲陶。他很有学问，曾教我读过《项羽本纪》。他薄有田产，不治生业，整天在家研究易经，算卦。他算卦用蓍草。全城只有他一个人用蓍草算卦。据说他有几卦算得极灵。有一家，丢了一只金戒指，怀疑是女佣人偷了。这女佣人蒙了冤枉，来求张先生算一卦。张先生算了，说戒指没有丢，在你们家炒米坛盖子上。一找，果然。我小时就不大相信，算卦怎么能算得这样准，怎么能算得出在炒米坛盖子上呢？不过他的这一卦说明了一件事，即我们那里炒米坛子是几乎家家都有的。

《故乡的食物》这几段主要是记炒米的，只是连带涉及张先生。我对张先生所知道也大概只是这一些。但可补充一点材料。

我从张先生读《项羽本纪》，似在我小学毕业那年的暑假，算起来大概是虚岁十二岁即实足年龄十岁半的时候。我是怎么从张先生读这篇文章的呢？大概是我父亲在和朋友“吃早茶”（在茶馆里喝茶，吃干丝、点心）的时候，听见张先生谈到《史记》如何如何好，《项羽本纪》写得怎样怎样生动，忽然灵机一动，就把我领到张先生家去了。我们县里那时睥睨一世的名士，除经书外，读集部书的较多，读子史者少。张先生耽于读史，是少有的。他教我的时候，我的面前放一本《史记》，他面前也有一本，但他并不怎么看，只是微闭着眼睛，朗朗地背诵一段，给我讲一段。很奇怪，除了一篇《项羽本纪》，我以后再也没有跟张先生学过什么。他大概早就不记得曾经有过一个叫汪曾祺的学生了。张先生如果活着，大概有一百岁了，我都七十一了嘛！他不会活到这时候的。

张先生原来身体就不好，很瘦，黑黑的，背微驼，除了朗读《史记》时外，他的语声是低哑的。

他的夫人是一个微胖的强壮的妇人，看起来很能干，张家的那点薄薄的田产，都是由她经管的。张仲陶诸事不问，而且还抽一点鸦片烟，其受夫人辖制，是很自然的。一个十多岁的孩子也感觉得出来，张先生有些惧内。

张先生请我父亲刻过一块图章。这块图章很好，鱼脑冻，只是很小，高约四分，长方形。我父亲给他刻了两个字，阳文：中陶。刻得很好。这两个字很好安排。他后来还请我父亲刻了两方寿山石的图章，一刻阳文，一刻阴文，文曰："珠湖野人""天涯浪迹"。原来有人撺掇他出去闯闯，以卜卦为生，图章是准备印在卦象释解上的。事情未果，他并未出门浪迹，还是在家里糗（qiǔ）着。

最近几年，易经忽然在全世界走俏，研究的人日多，角度多不相同，有从哲学角度的，有从史学角度的，有从社会学角度的，有从数学角度的。我于易经一无所知，但我觉得这主要还是一部占卜之书。我对张仲陶算的戒指在炒米坛盖子上那一卦表示怀疑，是觉得这是迷信。现在想想，也许他是有道理的。如果他把一生精研易学的心得写出来，包括他的那些卦例，会是一本很有意思的书。但是，写书，张仲陶大概想也没有想过。小说《岁寒三友》中季匋民在看了靳彝甫的祖父、父亲的画稿后，拍着画案说：“吾乡固多才俊之士，而皆困居于蓬牖之中，声名不出于里巷，悲哉！悲哉！”张仲陶不也是这样的人么？

薛大娘

薛大娘家在臭河边的北岸，也就是臭河边的尽头，过此即为螺蛳坝，不属臭河边了。她家很好认，四边不挨人家，远远地就能看见。东边是一家米厂，整天听见碾米机烟筒朋朋的声音。西边是她们家的菜园。菜园西边是一条路，由东街抄近到北门进城的人多走这条路。路以西，也是一大片菜园，是别人家的。房是草顶碎砖的房，但是很宽敞，有堂屋，有卧室，有厢房。

薛大娘的丈夫是个裁缝，是个极其老实的人，整天不说一句话，只是在东厢房里带着两个徒弟低着头不停地缝。儿子种菜。所种似只青菜一种。我们每天上学、放学，都可以看见薛大娘的儿子用一个长柄的长舀子浇水、浇粪，水、粪扇面似的洒开，因为用水方便，下河即可担来，人也勤快，菜长得很好。相比之下，路西的菜园就显得有点荒秽不治。薛大娘卖菜。每天早起，儿子砍得满满两筐菜，在河里浸一会，薛大娘就挑起来上街，“鲜鱼水菜”，浸水，不只是为了上分量，也是为了鲜灵好看。我们那里的菜筐是扁圆的浅筐，但两筐菜也百十斤，薛大娘挑起来若无其事。

她把菜歇在保安堂药店的廊檐下，不到一个时辰，就卖完了。

薛大娘靠五十了。——她的儿子都那样大了嘛，但不显老。她身高腰直，处处显得很健康。她穿的虽然是粗蓝布衣裤，但总是十分干净利索。她上市卖菜，赤脚穿草鞋，鞋、脚，都很干净。她当然是不打扮的，但是头梳得很光，脸洗得清清爽爽，双眼有光，扶着扁担一站，有一股英气。“英气”这个词用之于一个卖菜妇女身上，似乎不怎么合适，但是除此之外，你再也找不出一个合适的字眼。

薛大娘除了卖菜，偶尔还干另外一种营生，拉皮条，就是《水浒传》所说的“马泊六”。东大街有一些年轻女佣人，和薛大娘很熟，有的叫她干妈。这些女佣人都是发育到了最好的时候，一个一个亚赛鲜桃。街前街后，有一些后生家，有的还没成亲，有的娶了老婆但老婆不在身边，油头粉面，在街上一走，看到这些女佣人，馋猫似的。有时一个后生看中了一个女佣人求到薛大娘，薛大娘说：“等我问问。”因为彼此都见过，眉语目成，大都是答应的。薛大娘先把男的弄到西厢房里，然后悄悄把女的引来，关了房门，让他们成其好事。

我们家一个女佣人，就是由于薛大娘的撮合，和一个叫龚长霞的管田禾的——管田禾是为地主料理田亩收租事务的，欢会了几次，怀上了孩子。后来是由薛大娘弄了药来，才把私孩子打掉。

薛大娘没想到别人对她有什么议论。她认为：一个有心，一个有意，我在当中搭一把手，这有什么不好？

保安堂药店的管事姓蒲，行三，店里学徒的叫他蒲三爷，外人叫他蒲先生。这药店有一个规矩：每年给店中的“同事”（店员）轮流放一个月假，回去与老婆团圆（店中“同事”都是外地人），其余十一个月都住在店里，每年打十一个月的光棍。蒲三爷自然不能例外。他才四十岁出头，人很精明，也很清秀，很潇洒（潇洒用于一个管事的身上似乎也不大合适），薛大娘给他拉拢了一个女的，这个女的不是别人，是薛大娘自己。薛大娘很喜欢蒲三，看见他就眉开眼笑，谁都看得出来，她一点也不掩饰。薛大娘趴在蒲三耳朵上，直截了当地说："下半天到我家来。我让你……"

薛大娘不怕人知道了，她觉得他干熬了十一个月，我让他快活快活，这有什么不对？

薛大娘的道德观念和大户人家的太太小姐完全不同。

闻一多先生上课

闻先生性格强烈坚毅。日寇南侵，清华、北大、南开合成临时大学，在长沙少驻，后改为西南联合大学，将往云南。一部分师生组成步行团，闻先生参加步行，万里长征，他把胡子留了起来，声言：抗战不胜，誓不剃须。他的胡子只有下巴上有，是所谓“山羊胡子”，而上髭浓黑，近似一字。他的嘴唇稍薄微扁，目光灼灼。有一张闻先生的木刻像，回头侧身，口衔烟斗，用炽热而又严冷的目光审视着现实，很能表达闻先生的内心世界。

联大到云南后，先在蒙自待了一年。闻先生还在专心治学，把自己整天关在图书馆里。图书馆在楼上。那时不少教授爱起斋名，如朱自清先生的斋名叫“贤于博弈斋”，魏建功先生的书斋叫“学无不暇”，有一位教授戏赠闻先生一个斋主的名称：“何妨一下楼主人”。因为闻先生总不下楼。

西南联大校舍安排停当，学校即迁至昆明。

我在读西南联大时，闻先生先后开过三门课；楚辞、唐诗、古代神话。

楚辞班人不多。闻先生点燃烟斗，我们能抽烟的也点着了烟（闻先生的课可以抽烟的），闻先生打开笔记，开讲：“痛饮酒，熟读《离骚》，乃可以为名士。”闻先生的笔记本很大，长一尺有半，宽近一尺，是写在特制的毛边纸稿纸上的。字是正楷，字体略长，一笔不苟。他写字有一特点，是爱用秃笔。别人用过的废笔，他都收集起来。秃笔写篆楷蝇头小字，真是一个功夫。我跟闻先生读一年楚辞，真读懂的只有两句“袅袅兮秋风，洞庭波兮木叶下”。也许还可加上几句：“成礼兮会鼓，传葩兮代舞，春兰兮秋菊，长毋绝兮终古。”

闻先生教古代神话，非常“叫座”。不单是中文系的、文学院的学生来听讲，连理学院、工学院的同学也来听。工学院在拓东路，文学院在大西门，听一堂课得穿过整整一座昆明城。闻先生讲课“图文并茂”。他用整张的毛边纸墨画出伏羲、女娲的各种画像，用按钉钉在黑板上，口讲指画，有声有色，条理严密，文采斐然，高低抑扬，引人入胜。闻先生是一个好演员。伏羲女娲，本来是相当枯燥的课题，但听闻先生讲课让人感到一种美，思想的美，逻辑的美，才华的美。听这样的课，穿一座城，也值得。

能够像闻先生那样讲唐诗的，并世无第二人。他也讲初唐四杰、大历十才子、《河岳英灵集》，但是讲得最多，也讲得最好的，是晚唐。他把晚唐诗和后期印象派的画联系起来。讲李贺，同时讲到印象派里的 pointillism（点画派），说点画看起来只是不同颜色的点，这些点似乎不相连属，但凝视之，则可感觉到点与点之间的内在联系。这样讲唐诗，必须本人既是诗人，也是画家，有谁能办到？闻先生讲唐诗的妙悟，应该记录下来。我是个大人咧咧的人，上课从不记笔记。听说比我高一班的同学郑临川记录了，而且整理成一本《闻一多论唐诗》，出版了，这是大好事。

我颇具歪才，善能胡诌，闻先生很欣赏我。我曾替一个比我低一班的同学代笔写了一篇关于李贺的读书报告，——西南联大一般课程都不考试，只于学期终了时交一篇读书报告即可给学分。闻先生看了这篇读书报告后，对那位同学说："你的报告写得很好，比汪曾祺写的还好！"其实我写李贺，只写了一点：别人的诗都是画在白底子上的画，李贺的诗是画在黑底子上的画，故颜色特别浓烈。这也是西南联大许多教授对学生鉴别的标准：不怕新，不怕怪，而不尚平庸，不喜欢人云亦云，只抄书，无创见。

一九九七年三月十二日

金岳霖先生

西南联大有许多很有趣的教授，金岳霖先生是其中的一位。金先生是我的老师沈从文先生的好朋友。沈先生当面和背后都称他为“老金”。大概时常来往的熟朋友都这样称呼他。关于金先生的事，有一些是沈先生告诉我的。我在《沈从文先生在西南联大》一文中提到过金先生。有些事情在那篇文章里没有写进去，觉得还应该写一写。

金先生的样子有点怪。他常年戴着一顶呢帽，进教室也不脱下。每一学年开始，给新的一班学生上课，他的第一句话总是：“我的眼睛有毛病，不能摘帽子，并不是对你们不尊重，请原谅。”他的眼睛有什么病，我不知道，只知道怕阳光。因此他的呢帽的前檐压得比较低，脑袋总是微微地仰着。他后来配了一副眼镜，这副眼镜一只的镜片是白的，一只是黑的。这就更怪了。后来在美国讲学期间把眼睛治好了，——好一些了，眼镜也换了，但那微微仰着脑袋的姿态一直还没有改变。他身材相当高大，经常穿一件烟草黄色的麂皮夹克，天冷了就在里面围一条很长的驼色的羊绒围巾。联大的教授穿衣服是各色各样的。闻一多先生有一阵穿一件式样过时的灰色旧夹袍，是一个亲戚送给他的，领子很高，袖口极窄。联大有一次在龙云的长子、蒋介石的干儿子龙绳武家里开校友会，——龙云的长媳是清华校友，闻先生在会上大骂“蒋介石，王八蛋！混蛋！”那天穿的就是这件高领窄袖的旧夹袍。朱自清先生有一阵披着一件云南赶马人穿的蓝色毡子的“一口钟”。除了体育教员，教授里穿夹克的，好像只有金先生一个人。他的眼神即使是到美国治了后也还是不大好，走起路来有点深一脚浅一脚。他就这样穿着黄夹克，微仰着脑袋，深一脚浅一脚地在联大新校舍的一条土路上走着。

金先生教逻辑。逻辑是西南联大规定文学院一年级学生的必修课，班上学生很多，上课在大教室，坐得满满的。在中学里没有听说有逻辑这门学问，大一的学生对这课很有兴趣。金先生上课有时要提问，那么多的学生，他不能都叫得上名字来，——联大是没有点名册的，他有时一上课就宣布：“今天，穿红毛衣的女同学回答问题。于是所有穿红衣的女同学就都有点紧张，又有点兴奋。那时联大女生在蓝阴丹士林旗袍外面套一件红毛衣成了一种风气。——穿蓝毛衣、黄毛衣的极少。问题回答得流利清楚，也是件出风头的事。金先生很注意地听着，完了，说：“Yes！请坐！”

学生也可以提出问题，请金先生解答。学生提的问题深浅不一，金先生有问必答，很耐心。有一个华侨同学叫林国达，操广东普通话，最爱提问题，问题大都奇奇怪怪。他大概觉得逻辑这门学问是挺“玄”的，应该提点怪问题。有一次他又站起来提了一个怪问题，金先生想了一想，说：“林国达同学，我问你一个问题：‘Mr.林国达is perpendicular to the blackboard（林国达君垂直于黑板）’这是什么意思？”林国达傻了。林国达当然无法垂直于黑板，但这句话在逻辑上没有错误。

林国达游泳淹死了。金先生上课，说：“林国达死了，很不幸。”这一堂课，金先生一直没有笑容。

有一个同学，大概是陈蕴珍，即萧珊，曾问过金先生：“您为什么要搞逻辑？”逻辑课的前一半讲三段论，大前提、小前提、结论、周延、不周延、归纳、演绎……还比较有意思。后半部全是符号，简直像高等数学。她的意思是：这种学问多么枯燥！金先生的回答是：“我觉得它很好玩。”

除了文学院大一学生必修课逻辑，金先生还开了一门“符号逻辑”，是选修课。这门学问对我来说简直是天书。选这门课的人很少，教室里只有几个人。学生里最突出的是王浩。金先生讲着讲着，有时会停下来，问：“王浩，你以为如何？”这堂课就成了他们师生二人的对话。王浩现在在美国。前些年写了一篇关于金先生的较长的文章，大概是论金先生之学的，我没有见到。

王浩和我是相当熟的。他有个要好的朋友王景鹤，和我同在昆明黄土坡一个中学教书，王浩常来玩。来了，常打篮球。大都是吃了午饭就打。王浩管吃了饭就打球叫“练盲肠”。王浩的相貌颇“土”，脑袋很大，剪了一个光头，——联大同学剪光头的很少，说话带山东口音。他现在成了洋人——美籍华人，国际知名的学者，我实在想象不出他现在是什么样子。前年他回国讲学，托一个同学要我给他画一张画。我给他画了几个青头菌、牛肝菌，一根大葱，两头蒜，还有一块很大的宣威火腿。——火腿是很少人画的。我在画上题了几句话，有一句是“以慰王浩异国乡情”。王浩的学问，原来是师承金先生的。一个人一生哪怕只教出一个好学生，也值得了。当然，金先生的好学生不止一个人。

金先生是研究哲学的，但是他看了很多小说。从普鲁斯特到福尔摩斯，都看。听说他很爱看平江不肖生的《江湖奇侠传》。有几个联大同学住在金鸡巷，陈蕴珍、王树藏、刘北汜、施载宣（萧荻）。楼上有一间小客厅。沈先生有时拉一个熟人去给少数爱好文学，写写东西的同学讲一点什么。金先生有一次也被拉了去。他讲的题目是《小说和哲学》。题目是沈先生给他出的。大家以为金先生一定会讲出一番道理。不料金先生讲了半天，结论却是：小说和哲学没有关系。有人问：那么《红楼梦》呢？金先生说：“《红楼梦》里的哲学不是哲学。”他讲着讲着，忽然停下来：“对不起，我这里有个小动物。”他把右手伸进后脖颈，捉出了一个跳蚤，捏在手指里看看，甚为得意。

金先生是个单身汉（联大教授里不少光棍，杨振声先生曾写过一篇游戏文章《释鳏》，在教授间传阅），无儿无女，但是过得自得其乐。他养了一只很大的斗鸡（云南出斗鸡）。这只斗鸡能把脖子伸上来，和金先生一个桌子吃饭。他到处搜罗大梨、大石榴，拿去和别的教授的孩子比赛。比输了，就把梨或石榴送给他的小朋友，他再去买。

金先生朋友很多，除了哲学系的教授外，时常来往的，据我所知，有梁思成、林徽因夫妇，沈从文，张奚若……君子之交淡如水，坐定之后，清茶一杯，闲话片刻而已。金先生对林徽因的谈吐才华，十分欣赏。现在的年轻人多不知道林徽因。她是学建筑的，但是对文学的趣味极高，精于鉴赏，所写的诗和小说如《窗子以外》《九十九度中》风格清新，一时无二。林徽因死后，有一年，金先生在北京饭店请了一次客，老朋友收到通知，都纳闷：老金为什么请客？到了之后，金先生才宣布："今天是徽因的生日。"

金先生晚年深居简出。毛主席曾经对他说："你要接触接触社会。"金先生已经八十岁了，怎么接触社会呢？他就和一个蹬平板三轮车的约好，每天拉着他到王府井一带转一大圈。我想象金先生坐在平板三轮上东张西望，那情景一定非常有趣。王府井人挤人，熙熙攘攘，谁也不会知道这位东张西望的老人是一位一肚子学问，为人天真、热爱生活的大哲学家。

金先生治学精深，而著作不多。除了一本大学丛书里的《逻辑》，我所知道的，还有一本《论道》。其余还有什么，我不清楚，须问王浩。

我对金先生所知甚少。希望熟知金先生的人把金先生好好写一写。

联大的许多教授都应该有人好好地写一写。

一九八七年二月二十三日

我的家

十年前我回了一次家乡，一天闲走，去看了看老家的旧址，发现我们那个家原来是不算小的。我家的大门开在科甲巷（不知道为什么这条巷子起了这么个名字，其实这巷里除了我的曾祖父中过一名举人，我的祖父中过拔贡外，没有别的人家有过功名），而在西边的竺家巷有一个后门。我的家即在这两条巷子之间。临街是铺面。从科甲巷口到竺家巷口，计有这么几家店铺：一家豆腐店，一家南货店，一家烧饼店，一家棉席店，一家药店，一家烟店，一家糕店，一家剃头店，一家布店。我们家在这些店铺的后面，占地多少平米我不知道，但总是不小的，住起来是相当宽敞的。

这所老宅子分作东西两截，或两区。东边住着祖父母（我们叫“太爷”“太太”）和大房——大伯父一家。西边是二房（我的二伯母）和三房——我父亲的一家。东西地势相差约有三尺，由东边到西边要上几层台阶。

正屋的东边的套间住着太爷、太太，西边是大伯父和大伯母（我们叫“大爷”“大妈”）。当中是一个堂屋，因为敬神祭祖都在这间堂屋里，所以叫做“正堂屋”。正堂屋北面靠墙是一个很大的“老爷柜”，即神案，但我们那里都叫做“老爷柜”，这东西也确实是一个很长的大柜，当中和两边都有抽屉，下面还有钉了铜环的柜门。老爷柜上，当中供的是家神菩萨，左边是文昌帝君神位，右边是祖宗龛——一个细木雕琢的像小庙一样的东西，里面放着祖宗的牌位——神主。这正堂屋大概是我的曾祖父手里盖的，因为两边板壁上贴着他中秀才、中举人的报条。有年头了。原来大概是相当恢宏的。庭柱很粗，是“布灰布漆”的——木柱外涂瓦灰，裹以夏布，再施黑漆。到我记事时漆灰有多处已经剥落。这间老堂屋的铺地的箩底砖（方砖）的边角都磨圆了，而且特别容易返潮。天将下雨，砖地上就是潮乎乎的。若遇连阴天，地面简直像涂了一层油，滑的。我很小就知道“础润而雨”。用不着看柱础，从正堂屋砖地，就知道雨一时半会儿晴不了。一想到正堂屋，总会想到下雨，有时接连下几天，真是烦人。雨老不停，我的一个堂姐就会剪一个纸人贴在墙上，这纸人一手拿着簸箕，一手拿笤帚，风一吹，就摇动起来，叫“扫晴娘”。也真奇怪，扫晴娘扫了一天，第二天多少会放晴。

这间正堂屋的用处是：过年时敬神，清明祭祖。祭祖时在正中的方桌上放一大碗饭，这碗特别的大，有一个小号洗脸盆那样大，很厚，是白色的古瓷的，除了祭祖装饭外，不作别的用处。饭压得很实，鼓起如坟头，上面插了好多双红漆的筷子。筷子插多少双，是有定数的，这事总是由我的祖母做。另有四样祭菜。有一盘白切肉，一盘方块粉——绿豆粉，切成名片大小，三分厚。这方块粉在祭祖后分给两房。这粉一点味道都没有，实在不好吃，所以我一直记得。其余两样祭菜已无印象。十月朝（旧历十月初一）“烧包子”，即北方的“送寒衣”。一个一个纸口袋，内装纸钱，包上写明各代考妣冥中收用，一袋一袋排在祭桌前，下面铺一层稻草。磕头之后，由大爷点火焚化。每年除夕，要在这方桌上吃一顿团圆饭。我们家吃饭的制度是：一口锅里盛饭，大房、三房都吃同一锅饭，以示并未分家；菜则各房自炒，又似分爨。但大年三十晚上，祖父和两房男丁要同桌吃一顿。菜都是太太手制的。照例有一大碗鸭羹汤，鸭丁、山药丁、茨菰丁合烩。这鸭羹汤很好吃，平常不做，据说是徽州做法。我们的老家是徽州（姓汪的很多人的老家都是徽州），我们家有些菜的做法还保持徽州传统。比如肉丸蘸糯米蒸熟，有些地方叫珍珠丸子或蓑衣丸子，我们家则叫“徽团”。

我对大堂屋有一点特殊的记忆，是我曾在这里当过一回孝子。我的二伯父（二爷）死得早，立嗣时经过一番讨论。按说应该由长房次子，我的堂弟曾炜过继，但我的二伯母（二妈）不同意，她要我，因为她和我的生母感情很好，从小喜欢我。我是次房长子，长子过继，不合古理。后来是定了一个折中方案，曾炜和我都过继给二妈，一个是“派继”，一个是“爱继”。二妈死后，娘家提了一些条件，一是指定要用我祖父的寿材盛殓。太爷五十岁时就打好了寿材，逐年加漆，漆皮已经很厚了。因为二妈是年轻守节，娘家提出，不能不同意。一是要在正堂屋停灵，也只好同意了（本来上有老人，是不该在正屋停灵的）。我和曾炜于是履行孝子的职责，亲视含殓（围着棺材走一圈），戴孝披麻，一切如制。最有意思的是逢七的时候得陪张牌李牌吃饭。逢七，鬼魂要回来接受烧纸，由两个鬼役送回来。这两个鬼役即张牌李牌。一个较大的方机凳，两副筷子，一碟白肉，一碟豆腐，两杯淡酒。我和曾炜各用一个小板凳陪着坐一会儿。陪鬼役吃饭，我还是头一回。六七开吊，我是孝子一直在场，所以能看到全部过程。家里办丧事，气氛和平常全不一样，所有的人都变得庄严肃穆起来。开吊像是演一场戏，大家都演得很认真。“初献”“亚献”“终献”，有条不紊，节奏井然。最后是“点主”。点主要一个功名高的人。给我的二伯母点主的是一个叫李芳的翰林，外号李三麻子。“点主”是在神主上加点。神主（木制小牌位）事前写好“×孺人之神王”，李三麻子就位后，礼生喝道：“凝神，想象，请加墨主。”李三麻子拈起一支新笔在“王”字上加一墨点。礼生再赞：“凝神，想象，请加朱主。”李三麻子用朱笔在墨点上加一点。这样死者的魂灵就进入神主了。我对“凝神，想象”印象很深，因为这很有点诗意。其实李三麻子对我的二伯母无从想象，因为他根本没有见过我的二伯母。

正堂屋对面，隔一个天井，是穿堂。

穿堂对面原来有一排三开间的房子，是我的叔曾祖父的一个老姨太太住的。房子很旧了，屋顶上长了很多瓦松，隔扇上糊的白纸都已成了灰色。这位老姨太太多年衰病，总是躺着。这一排房子里听不到一点声音，非常寂静，只有这位老姨太的女儿——我们叫她小姑奶奶，带着孩子来住一阵，才有一点活气。

老姨太太死了，她没有儿子，由我一个叔祖父过继给她。这位叔祖父行六，我们叫他六太爷。这是个很有风趣的人，很喜欢孩子。老姨太太逢七，六太爷要来守灵烧纸。烧了纸，他弄一壶酒，慢慢喝着，给孩子讲故事——说书，说《大侠甘凤池》，一直说到深夜。因此，我们总是盼着老姨太太逢七。

祖父过六十岁的头年，把东边的房屋改建了一下，正堂屋没动，穿堂加大了。老姨太太原来住的一排房子拆了，盖了一个“敞厅”。房屋翻盖的情况我还记得，先由瓦匠头、木匠头挖出整整齐齐的一方土，供在老爷柜上。破土后，请全体瓦木匠在正堂屋吃一次饭。这顿饭的特别处是有一碗泥鳅，泥鳅我们家是不进门的，但是请瓦木匠必得有这道菜，这是规矩。我觉得这规矩对瓦木匠颇有嘲讽意味。接着是上梁竖柱，放鞭炮，撒糕馒，如式。

敞厅的特点是敞，很宽敞。盖得后，祖父的六十大寿在这里布置过寿堂，宴过客，此外就没有怎么用过，平常总是空着。我的堂姐有时把两张方桌拼起来，在上面缝被子。

敞厅对面，一道砖墙之外，是花园。花园原来没有园名，祖父命之曰“民圃”，因为他字铭甫，取其谐音。我父亲选了两块方砖，刻了“民圃”两个小篆，嵌在一个六角小门的额上，但是我们还是叫它花园，不叫民圃。祖父六十大寿时自撰了一副长联，末署“民圃叟六十自寿”，“民圃”字样也只在长联里出现过，别处没有用过。

西边半截的房屋大概是祖父手里盖的，格局较小，主要房屋只是两个堂屋，上堂屋和下堂屋。

上堂屋两边的套间，东侧是三房，西侧是二房。

我的二伯父早逝，我没有见过。他房间里的板壁上挂着他的八寸放大照片，半侧身，穿着一身古典燕尾服，前身无下摆，雪白的圆角硬领衬衫，一只胳臂夹着一根象牙头的短手杖，完全是年轻的英国绅士派头，很英俊。听我父亲说，二伯父是个性格很刚烈的人。他是新党，但崇拜的不是孙文而是黄兴。有一次历史教员（那时叫做“教习”）在课堂上讲了黄兴几句不恭敬的话，他上去就给了这个教员一个嘴巴子。二伯父和我父亲那时都在南京读中学（旧制中学）。他的死也跟他负气任性的脾气有关。放暑假从南京回来，路过镇江，带着行李，镇江车站的搬运工人敲了他们一下，索价很高。二伯父一生气，把几个人的行李绑在一起，一个人就背了起来。没有走几步，一口血吐在地上，从此不起。

二伯母守节有年，她变得有些古怪。我的小说《珠子灯》里所写的孙小姐的原型，就是我的二伯母。

> 她变得有点古怪了，她屋里的东西都不许人动。王常生活着的时候是什么样子，永远是什么样子，不许挪动一点。王常生用过的手表、座钟、文具，还有他养的一盆雨花石，都放在原来的位置。孙小姐原是个爱洁成癖的人，屋里的桌子、椅子、茶壶茶杯，每天都要用清水洗三遍。自从王常生死后，除了过年之前，她亲自监督着一个从娘家陪嫁过来的女佣大洗一天之外，平常不许擦拭。里屋炕几上有一套茶具：一个白瓷的茶盘，一把茶壶，四个茶杯。茶杯倒扣着，上面落了细细的尘土。茶壶是荸荠形的扁圆的，茶壶的鼓肚子下面落不着尘土，茶盘里就清清楚楚留下一个干净的圆印子。
>
> 她病了，说不清是什么病。除了逢年过节起来几天，其余的时间都在床上躺着，整天地躺着，除了那个女佣，没有人上她屋里去。

有一个人是常上她屋里去的，我。我去了，坐在她床前的杌凳上，陪她一会儿。她精神好的时候，教我《长恨歌》《西厢记·长亭》：

春风桃李花开日，
秋雨梧桐叶落时。

碧云天，
黄花地，
西风紧，
北雁南飞。
晓来谁染霜林醉，
总是离人泪。

也有的时候，她也会讲一点轻松一些的文学故事，念苏东坡嘲笑小妹的诗：

人前走不上三五步，
额头先到画堂前。

这样的时候，她脸上也会有一点笑意。她的记忆很好，教我念诗，都是背出来的。她背诗，抑扬顿挫，节奏很强，富于感情，因此她教过我的诗词，我一直记得很清楚。她的诗词，是邑中一个老名士教的。

她老是叫我坐在她床前吃东西，吃饭，吃点心。吃两口，她就叫我张开嘴让她看看。接着就自言自语："王二娘个猫，王二娘个猫，王二娘个猫。”不知道这是什么意思。她是王二娘，我是她的猫？有时我不在跟前，她一个人在屋里也叨咕：“王二娘个猫，王二娘个猫。”

每年夏天，她要回娘家住一阵。归宁那天，且出不了房门哩。跨出来，转身又跨进去，跨出来，又跨进去。轿子等在大门口（她回娘家都是坐轿子），轿前两盏灯笼换了几次蜡烛，她还没跨出房门。

这种精神状态，我们那里叫做“魔”。

下堂屋左边是我父亲的画室，右边是“下房”，女佣人住的地方。

下堂屋南，一道花瓦墙外，即是花园，墙上也有一个小六角门。

开开六角门，是一片砖墁的平地。更南，是花厅。花厅是我们这所住宅里最明亮的屋子，南边一溜全是大玻璃窗，听说我父亲年轻时常请一些朋友来，在花厅里喝酒，唱戏，吹弹歌舞，到我记事的时候，就没有看过这种热闹。花厅也总是闲着。放暑假，我们到花厅里来做假期作业。每年做酱的时候，我的祖母在花厅里摊晾煮熟的黄豆和烤过的发面饼，让豆、饼长毛发酵。花厅外的砖地上有一口大缸，装着豆酱，一口浅缸，装着甜面酱。

砖地东面，是一个花台，种着四棵很大的蜡梅花，主干都有碗口粗，每年开很多花。这种蜡梅的花心是紫檀色的。按说“磬口檀心”是蜡梅的名种，但是我们那里重白心的，叫做“冰心蜡梅”，而将檀心者起一个不好听的名称，叫“狗心蜡梅”。下雪之后，上树摘花，是我的事。蜡梅的骨朵很密。相中一大枝，折下来，养在大胆瓶里，过年。

蜡梅花的对面，是两棵桂花。一棵金桂，一棵银桂。每年秋天，吐蕊开花。桂花树下，长了一片萱草，也没人管它，自己长得很旺盛。萱花未尽开时摘下，阴干，我们那里叫做金针，北方叫做黄花菜。我小时最讨厌黄花菜，觉得淡而无味。到了北方，学做打卤面，才知道缺这玩意还不行。

桂花树后，是南北向的花瓦墙，墙上开一圆门，即北方所说的月亮门。

出圆门，是一畦菜地。我的祖母每年在这里种乌青菜，即上海人所说的塌苦菜。这块菜地土很瘦，乌青菜都不肥大，而茎叶液汁浓厚，旋摘煮食，味道极好，远胜市上买来的，叫做“起水鲜”。经霜后，叶缘皆作紫红色，尤其甜美。

菜畦左侧有一棵紫薇，一房多高，开花时乱红一片，晃人眼睛。游蜂无数——齐白石爱画的那种大个的黑蜂，穿花抢蕊，非常热闹。西侧，有一座六角亭，可以小坐。

菜畦东边有一条砖路。砖路尽处是一棵木瓜，一棵矾杏，一棵柿树，都很少结果。

树之外，是一座船亭。这是祖父六十大寿头年盖的。船头向东，两边墙上各开了海棠形的窗户。祖父盖船亭，是为了“无事此静坐”，但是他只来坐过几次，平常不来，经常锁着。隔着正面的玻璃隔扇，可以看到里面铁梨木琴几上摆着几件彝器，几把檀木椅子，萧萧爽爽。

船亭对面，有一棵很大的柳树。挨着柳树，是一个高高的花坛。花坛上原来想是栽了不少花的，但因为无人料理，只剩下一棵石榴，一丛鱼儿牡丹。鱼儿牡丹开一串一串粉红的花，花作鸡心形，像是童话里的植物。

花坛对面，是土山。这座土山不知是哪年堆成的。这些土是从园里挖出的，还是从外面运进来的，均不知道。土山左脚，种了两棵碧桃，

柳暗花明春事深
子恺

一棵白的，一棵浅红的。碧桃花其实是很好看的，花开得很繁茂，花期也长，应该对它珍贵一点，但是大家都不把它当回事，也许因为它花开得太多，也太容易养活了。土山正面，种了四棵香橼，每年都要结很多。香橼就是“橘逾淮南则为枳”的枳，但其实枳和橘是两种植物。香橼秋天成熟。香橼的香气很冲，不大好闻。但香橼花的气味是很好的，苦甜苦甜的。花白色，瓣微厚，五出深裂，如小酒盏，很好看。山顶有两棵龙爪槐，一在东，一在西。西边的一棵是我的读书树。我常常爬上去，在分杈的树干上靠好，带一块带筋的干牛肉或一块榨菜，一边慢慢嚼着，一边看小说。土山外隔一道墙是一个尼庵，靠在树上可以看见小尼姑从井里汲水浇菜。这尼庵的尼姑是带发修行的，因此我看的小尼姑是一头黑发。

从土山东边下山，是一片空地。空地上有一口很大的缸，养着很大的金鱼，这是大伯父养的。因此，在我们的印象里这一边是大爷的地方。但是我们并未分家，小孩子是可以自由来去的。

金鱼缸的西北边有一架紫藤。盛花时，紫云拂地。花谢，垂下一根一根长长的刀豆。

鱼缸正北，一棵白丁香，一棵紫丁香。

丁香之左，一片紫鸢。

往南，墙边一丛金雀花。

紫鸢的东边，荒草而已。这片草地每年下面结不少甘露，我们那里叫做螺蛳菜或宝塔菜。甘露洗净后装白布袋，可入甜面酱缸腌渍。

草地之东有一排很大的冬青树。夏天开密密的小白花，也有香味。秋后结了很多紫色的胡椒粒大的果实。

冬青之外，是“草房”，堆草的屋子。我们那里烧草——芦柴，一次要置很多担草，垛积在一排空屋里。

冬青的北面，是花房，房顶南檐是玻璃盖的，原是大爷养花的地方，但他后来不养花了，花房就空着。一壁挂着一个老鹰风筝。据我父亲说这个老鹰是独脑线的——只有一根脑线。老鹰风筝是大爷年轻时放过的。听我父亲说，放上去之后，曾有真的老鹰和它打过架。空空的花房里只有两盆颇大的夹竹桃。夹竹桃红花殷殷的，我忽然觉得有些紧张，因为天忽然黑下来了，只有我一个人，在空空的花园里。

听大人说，这花园里有一个白胡子老头。这白胡子老头是神仙，还是妖怪？但是，晚上是没有人到花园里去的，东边和西边的小六角门都上了铁锁。

我们这座花园实在很难叫做花园，没有精心安排布置过，草木也都是随意种植的，常有一点半自然的状态。但是这确是我童年的乐园，我在这里掬过很多蟋蟀，捉过知了、天牛、蜻蜓，捅过马蜂窝——这马蜂窝结在冬青树上，有蒲扇大！